在時間裡，散步

walk

貓咪，請原諒我

私の猫たち許してほしい

佐野洋子 SANO YOKO ——— 著

陳系美 ——— 譯

目次

貓咪，
請原諒我

花很美吧

玫瑰是喧囂的花。

有一次，我去植物園看玫瑰。在訪客稀疏、天氣晴和的靜謐植物園，唯獨玫瑰園那個角落吵吵鬧鬧，沒有聲音卻喧囂嘈雜。這裡有著為數眾多的玫瑰花。有大朵的白玫瑰，也有如血般的紅玫瑰。有邊緣顏色較深的甜美粉紅玫瑰，也有小小的野玫瑰。有堂堂名為「伊莉莎白女王」的玫瑰，也有名為「十七歲」楚楚動人的玫瑰。有含著堅硬花苞的玫瑰，也有誇耀著豆蔻年華的玫瑰，和花瓣凌亂凋謝中的玫瑰。每一朵玫瑰莫不氣勢驚人地展現自己。大朵的白玫瑰說，我是白色的喔，這麼白喔，你看你看。

「十七歲」在吶喊，我雖然還小，但我是我喲，可愛吧，可愛吧，惹人憐愛喔。花苞說，我現在是花苞，可是到了明天，我就會開花，到了明天，我就會探出頭來。連最靠近地面的野玫瑰也不甘寂寞地說，雖然我不比別人高，還是單瓣，但我才是野玫瑰喔，別人是別人，我是我。

甚至凋零中的凌亂玫瑰都不服輸地說，我以前可是很漂亮喔，如今變成這樣究竟是誰的錯，絕不是我的錯喔。

玫瑰是西洋的花。

*

我去看菖蒲花。

原本以為五月的菖蒲花只有一種深紫色，其實有數百種，除了微妙的色差，花瓣也略有不同。

甚至有著「空蟬」、「浮舟」這種悲傷的名字。

每一朵花都端麗地站著，伸長了莖尖挺地直立著。

旁邊沒有貪睡偷懶的花偎著。

整片花圃顯得很安靜。

我覺得菖蒲花是最妖豔的花。明閃閃的妖豔，即使不出聲卻依然妖豔。

每一朵花，將豔麗蘊含在其中，自給自足。

然後一朵的安靜變成兩朵後，就有了兩倍的安靜。我原本以為寂靜是發自一無所有的地方，此刻才發現花越多，這花圃竟然越安靜，不禁有點嚇到。愕然地領悟到，寂靜其實是一種存在，存在得越多，寂靜也變得越深。

*

我父親喜歡種花，而且很拿手。

他能種出比小孩的臉還大的大理花，在住家門前的小路盡頭種了很多波斯菊，長長的小路兩旁則是種了綿延不斷的百日草（又稱白日菊）。百日草總是蒙著灰塵天天開著，每當我走過這條路，總覺得今天延續了不變的昨天，人生可能就這樣毫無變化地延續下去，年幼的心裡覺得很「無聊」。

父親種的不是高貴罕見的品系，而是隨處可見的種類。整理花卉時的表情絕非沉穩溫和，而是捏起毛毛蟲就一腳踩死，眼神很不爽的施肥。當我折斷大理花的花托時，他以嚇人的力氣扭起我的手腕，說：「我也像這樣折斷妳！」

某個夏天傍晚，一個十五、六歲的少女，輕飄飄地走進大理花的花圃，在花叢中，脫掉身上的浴衣，赤身裸體揮動著雙手說：「蝴蝶，蝴蝶。」我從沒看過如此美麗的裸體畫面。當下遠方傳來祭典的太鼓聲。大理花圍繞的少女身軀，超越了人類肉體，顯得無比莊嚴。即使母親立刻光著腳丫衝了出去，幫她穿上浴衣，但這僅有的一瞬，卻比任何名家畫作的裸體更清純。不知名的少女，以陌生的聲音說著「蝴蝶，蝴蝶」。

我想，父親種的那一大片大理花，就為了這一瞬間而綻放。

*

安潔莉卡是我必須仰頭看的高大女子，有著一頭如棉花糖耀眼的蓬鬆金髮，和我說話時總是彎腰屈身。為了和她說話，我仰著的臉都快折到後面去了，下雪天的雪花便落在我的眼睛或嘴裡，融化了。

有一天，安潔莉卡送了我七枝開在她小陽台的三色堇。我把四枝插在自己的桌上，三枝分給租屋處的老奶奶。安潔莉卡是老奶奶的孫女，雖然就住在隔壁，但兩人感情很差。

第二天，安潔莉卡兇巴巴地跟我說：

「妳為什麼把花送給奶奶？真是太失禮了。」

之後她依然沒有好臉色，在樓梯擦肩而過時也不理我。外國有這種習俗嗎？人家送你的花不可以再分送給別人喔？至今我還是搞不懂。僅僅三枝楚楚動人的花，就毀了我們的友情嗎？

離開這個城鎮那天，我去向安潔莉卡辭行。我很喜歡安潔莉卡這個溫柔的名字，很喜歡她那有如遠方鈴聲般悄悄的說話聲，在這個陌生的城鎮，誠實且親切的安潔莉卡撫慰了我的孤獨，我一定要向她道謝才行。安潔莉卡把門開了一小縫，依然默默不語，收下我送的玫瑰花束後一把扔在腳邊，抬起她的大腳，宛如在踩熄香菸般踩碎，轉身關上了門。

一個紅玫瑰的花苞，從門裡掉了出來。

＊

那時的我實在太悲慘了，無法靜下心來。帶著激動的心情，毛毛躁躁地去到花店裡，自暴自棄買了大朵的白牡丹。

插上了花，整個房間變得很豔麗，我卻以嘲諷的心情端詳著白牡丹。看到花心滲透著些許紅色，更覺得下流。白牡丹枯萎之前，我買了粉紅玫瑰。買了一大把罌粟花。也插了好幾朵香氣很重的百合。我覺得玫瑰是虛榮的化身，罌粟花像虛幻而引人同情的女人，百合的香氣則是一種浮誇的低級香味。儘管如此，我還是無法停止買花。即便季節更迭，我心中惡毒的情緒依舊沒有轉淡。

朋友來家裡說：

「妳家隨時都有美麗的花耶。有心情插花，好幸福哦。」

我聽了大吃一驚，心裡很不痛快，覺得越來越討厭自己。

我從未如此悲慘，如此無法應付自己醜陋的心靈。而我的家，也從未有過如此花團錦簇、如此華麗的時期。

＊

高中的數學課，我覺得很無聊，不知從哪兒拿來一朵紅玫瑰，開始玩了起來，玩著玩著，就把花瓣一片一片剝下來。花瓣像天鵝絨般柔軟，我看著鮮豔的花瓣，挑了兩片大的、形狀較好的，分別貼在上下唇。然後趁著老師在寫黑板時，向後轉過頭去。同學整個笑翻了，於是老師也回過頭。我沒料到大家會笑成那樣，連忙重新坐好，和老師相視而望。這時我的嘴唇還黏著玫瑰花瓣。

老師短短說了一句：「妳站著上課。」之後再度轉向黑板。教室裡一片鴉雀無聲，我就黏著玫瑰花瓣一直站著。

為什麼大家會笑成那樣呢？

書上不是說，白雪公主有著白雪般的肌膚、玫瑰般的嘴唇？就算我的皮膚有如黑炭，真的不漂亮，只不過嘴唇模仿了白雪公主，就這麼奇怪嗎？很久很久以後，我再度把紅玫瑰花瓣黏在嘴唇上，對著鏡子一看，終於明白大家為何笑成那樣，連我自己也笑了。美麗的東西，只適合美人。

*

尹先生，是韓國年輕語言學者中的明日之星。我在德國南部的小小大學城，當了一天尹先生的朋友。尹先生以初學的日文，和我交談。我的爛英文和他初學的日文，真的能溝通嗎？

尹先生說，為了調查他所研究的語言學的語源，無論如何都想去東歐，可是去東歐必須拋棄祖國，他無法拋棄祖國，可是不去東歐，研究便無法進行。面對我不懂的艱難國情，我不知道該說什麼好。

尹先生指著從哈茨山（Harz Mountains）拿來的白雪說「真白」，指著我的外套說「真紅」。

我的腳邊，開著我不知道名字的小黃花，或許是無名的野花。尹先生指著小黃花說：「真漂亮。」

我對「真漂亮」這句話感動不已。感覺像是一句剛出生的話。

尹先生摘下一朵真漂亮的小黃花送給我。我和他，從那之後沒再見過面。真漂亮的小黃花，夾在我的記事本裡早已褪色，但我常常想起這位只當了一天朋友的尹先生。

我也思考著「祖國」這個詞的美麗與份量。

風傳送的東西

夏日黃昏，母親帶我們幾個小孩去散步。想不起來地點是哪裡。

樹林中，晚霞當空，樹木看起來紅紅的。對我而言，靜謐的樹林裡很無聊，但母親心情很好，就像個別人家的溫柔阿姨。

我跟在母親後頭走著。

涼爽柔和的風吹向我們。

忽然，母親說：

「啊，媽媽好幸福哦！」

我非常震驚，渾身不自在，甚至覺得毛骨悚然。因為通常母親的心情都很差，有事沒事就把小孩摞倒，被摞倒的我們翻著白眼，對母親突如其來的壞心情提心吊膽。當年還是小孩的我們，對於母親心情不好的原因，也感到過意不去。那時，我不知道「幸福」是什麼，也會沒想過要幸福。

當母親突然拿出不曉得收在哪裡的溫柔聲音，說：「啊，媽媽好幸福哦！」當下，我明白了母親通常並不幸福。

我東張西望環顧著四周。晚霞映照的安靜樹林裡，不時吹來涼風。

我非常不安，覺得母親的幸福，只存在於此刻的樹林裡，時間何等短暫，轉眼就要過去了。

我焦急地想要和母親感受同樣的幸福。

但，無論如何都感覺像在自己的圖畫紙上，臨摹兒童著色本裡的女孩，卻怎麼也畫不像一樣。

如今，我仍然認為，當時的樹林裡，若沒有溫柔的風不停的吹著，母親一定不會感到幸福。

*

電影《去年在馬倫巴》，是一部極具藝術性很難懂的電影。

在一座貴族的城堡中，意味深長的男人和女人，帶著意味深長的眼神，極端少言寡語，慢條斯理地走著。

然而讓我非常驚訝的是，貴族城堡庭院裡的樹。那些庭院裡的樹，很像數學老師拿給我們看的圓錐或球體模型，用白石膏做的形狀。很多尖銳三角形的樹木，筆直地並排在庭院裡。網球般的圓形樹木，沐浴在月光裡。意味深長的男人與女人，慢條斯理地走在三角錐和圓球之間。

歐洲的春天，一天就來了。

那一天，整條街變成黃色。番紅花忽然像黃色火焰般綻放。

巴士站的小廣場，出現猶如用圓規和直尺畫作的的花壇。

就像用鮮豔毛氈縫製的被褥，或像顏料塗抹出來的一樣。

我不禁要想，那風怎麼辦？

面對開得如此密密麻麻的花，風要如何和它們往來？

我知道日本的插花（生け花），不是讓花活（生）下去，而是「生風」。

連貧困長屋院子的盆栽牽牛花，風都不停的吹著。

我在柏林的巴士站花壇前，想起了《去年在馬倫巴》的三角形和圓形樹木。風怎麼辦呢？原本應該吹過樹枝與樹枝之間的風，遭到被剪成石膏般的三角錐物強烈拒絕。

風怎麼辦呢？

＊

從波隆那的市街往郊外山頂走，有著長長的階梯。

沒完沒了的長階梯，有著屋頂，兩旁的牆壁宛如修道院的走廊挖空成拱形。

山頂有座教堂。

酷暑的大熱天，我獨自一人爬著階梯。不管怎麼爬，蜿蜒起伏的階梯似乎永無止境。

即使過了很久我都無法習慣旅行，到了新的城市，完全束手無策，不知道該去哪裡好。於是向飯店要了觀光地圖，前往畫有大插圖標幟的名勝古蹟，像是在履行義務似的，接下來彷彿只能大為震驚，讚嘆不已。

其實我既不震驚，也沒有讚嘆。我常常在知名的大教堂前發愣，為自己怎麼會在這裡感到不可思議。

眼前的階梯實在太長了，我都忘記是為了去教堂才爬階梯，倒像只是為了爬階梯而走路。

途中沒有遇到半個人。

有著拱形柱子的階梯綿延不斷。

我蹲下來休息。

盛夏的正午，寂靜無聲，熱死了。

忽然有一根羽毛，輕飄飄地從我面前飛過。

然後清涼的風陣陣吹了過來。

這時，我突然諒解了。諒解了什麼，不知道。

閃閃發亮的樹葉、璀璨耀眼的太陽，有土，有雞，還有我在這裡，剎那間，我懂了。

「啊，原來是這樣啊。」我心想。

原來是這樣，到底是怎樣？其實也不清楚。只是覺得風吹過的當下，世界又以嶄新的親密打開了，生與死都隨著風，或者說宛如風一樣被諒解了。世界和風一起，或者說宛如風一樣接受了我。

*

我去過西班牙海岸某個古老的城堡遺跡。那是個爽朗的盛夏。

城堡遺跡從海裡矗立而起，長長的石頭階梯很多地方都崩塌了，就這樣蜿蜒地通向城堡。這座坍塌了一半的城堡，有著鑿空砌石的窗戶，看得見四方形的海。

不久之前來了一對年輕戀人坐在半山腰，緊緊地抱在一起。爬山的觀光客得閃開他們才能繼續往上。儘管如此，他們依然動也不動。

我不看海也不去探險城堡了，一直看著這兩人。

仔細一看，他們都很年輕。女生是個黑人，穿著豔紫色連身裙。她將黑色修長的腿伸在石階上，纖細姣好的手插進男生的頭髮裡。男生將臉埋在她鬈曲豐厚的頭髮裡，白色的手臂用力緊抱她的身體。

他們宛如就要被拆開似的拚命抵抗。

他們已緊抱到無法再緊，時而像害怕什麼似的轉動身體，然後又更用力地擁抱，男生發狂的將臉埋在她的頭髮裡磨蹭。

在緩升的翠綠半山腰，穿著豔紫色連身裙的黑人女生和緊緊相擁的男生——一幅美麗的畫。

戀人們如石頭般動也不動，我直望著他們一點也不膩。因為，太美了。

一陣風從海上吹來，掀動了紫色的裙子。

我心想，啊，愛被吹上天空了。

被吹上天空的愛要去哪裡呢？

他們終究會回家吧。

或許有一天，他們會忘記彼此相愛過。然後，有一天會死去。

但是，那時被風帶走的愛，去了哪裡呢？

我想，唯有被風吹到天空的愛是不滅的，會永遠存在下去。

降在陌生城鎮的雪

長途飛行使我疲憊不堪，從機場搭上計程車，累到眼睛幾乎睜不開。外面在下雪，是聖誕之夜。

這是我第一次看到外國下雪的聖誕夜。明明眼睛幾乎睜不開，卻記得那幅如畫般的情景。

白雪覆蓋的道路兩旁，並排著有院子的住家。住家後面連接黑漆漆的森林。家家戶戶院子裡積雪的樹木上，閃爍著無數的電燈泡。

我搭乘的計程車行駛在這幅美景中，忽然有一隻白色的大狐狸，拖著和身體一樣壯觀的尾巴，從車前一閃而過。

這座城鎮說不定會住上一陣子，眼前過於美麗的風景，讓我非常不安。我看過許多日本的風景，美麗的也好，寒酸的也好，總是落在我心中又消融無蹤，唯獨那個初次看到下雪的聖誕夜景，無論經過多久依然是一幅畫。

*

不管住了多久，這裡還是個陌生的城鎮。

在陌生的城鎮，我常常嚇一跳。

不是因為不習慣外國人如彈珠般清透的瞳眸，也不是覺得金髮男人不可思議，更不是因為外國話聽起來只像音樂。

那是在看不到計程車司機的臉，只看見後頸的瞬間。

肥胖的中年男子的後頸，髮際和西裝領子之間，露出那一點點肥脖子，讓我嚇一跳。

比起金髮燃燒般的美麗少女，看不到臉的司機後頸，更讓我感覺到置身外國。

巴士司機的脖子，從西裝領子擠出來的肉與紅紅的皮膚，以及白白的汗毛，讓我感覺像是來到很遠很遠的地方，遠到回不了日本了。

即便慢慢習慣了，敢一個人到處亂逛，去超市買肉和青菜，在這個城鎮有了日常生活後，看到排在收銀台前肥胖男人的後頸時，我依然會嚇一跳，依然感到孤獨。

直到離開，我都還是無法習慣。

＊

這裡的人很守時，約好了時間，不會早一分也不會晚一分，絕對準時到。學校的朋友，一旦決定每天要畫幾張設計圖，無論發生什麼事，一定都會把張數畫齊。租屋處的孫女擬好一週的菜單後，一整年就反覆吃這七種料理。到死為止，她可能都不會變更。

再怎麼不愛打扮的女人，都不會穿得鬆鬆垮垮，從上到下的釦子全部扣上。

郵差一定十一點半來。

城鎮裡的道路，條條又直又寬。沒有扭曲細小的巷子，也沒有野狗在路上徘徊。狗都戴上金屬鐵絲網的口罩，也一定綁著狗繩，在固定的路樹大便。

每當鄉愁湧上心頭，我就會上街到處亂走。

走累了，就隨便搭上喜歡的號碼的巴士。

巴士的終點，如果是湖泊或森林，就下車繼續走。

有一天，我走在森林裡，林中有個標誌畫著鹿。意思是小心有動物出沒，結果是松鼠和兔子。

下起雪來了。我停下腳步想要回去，這才發現雜木林的樹排得很整齊，好幾棵樹排成一直線。走了幾步，停下來再看，果然還是一直線。不管走到哪裡，樹木都像士兵一樣，隔著等距離生長。我幾乎想大吼：夠了！夠了！我知道了！

抬頭往上看。

雪也是並排成列的降下來。

我的鄉愁一定是真的。

＊

在陌生的城鎮，我一直寫信。

同一個姓名住址，我曾一天寫過三封。我每天都去郵局寄信，也都等著郵差送信來的時間。

某日，看見一位異樣的老婆婆，站在郵局前面。

她穿著豹紋外套，戴著插了羽毛的綠帽子。這頂帽子下的脖子，向前彎得很厲害。我從沒看過人的脖子可以彎到那種程度。消瘦的身體則一直在抽搐，痙攣的嘴巴發出「咻～咻～」彷彿風吹過窗縫的聲音。

感覺她馬上就會倒下死掉了。

好幾個腳長的男人走過她的面前，但沒有人停下腳步。

我想過去看看她。

就在這時候，老婆婆抽搐著宛如枯木的雙手，慢慢往下伸，拎起腳邊的購物籃，顫顫巍巍地向前傾斜，走了起來。脖子依然彎得很厲害。

這個老婆婆，可能今天或明天就會死掉吧。不，說不定她早就死了。

不料，翌日，這個老婆婆又以同樣的姿勢，站在同樣的地方。腳邊依然放著購物籃。

不知道她這樣站了多久，我去郵局時，經常看到她。

下雪的日子。

那個老婆婆站在郵局前。

下雪的日子，人們的腳步更為急促。她依然彎著脖子、抽搐地站在那裡，越顯得詭異。

我沒撐傘所以走得很快，即便如此大衣仍零星的沾了雪花，而老婆婆那豹紋的外套肩上已經積了一層薄薄的雪。

那真的是個老太婆嗎？

我覺得站在那裡的不是個年邁的肉體，而是從小就以「Yes」或「No」清楚表達意願的西洋女人的堅強意志，站在那裡。即便身體僵硬了，抽搐

著，脖子彎了，依然以堅強的意志站在那裡。

＊

這個城鎮的人，什麼東西都要上鎖。我從外面回到租屋處，必須經過很多扇上鎖的門。公寓入口的門鎖，建築物入口的門鎖，還有租屋處老奶奶家的門鎖，這扇門有上面和中間兩道鎖。然後是我房門的鎖，廚房冰箱的鎖，櫥櫃的鎖，甚至吱嘎作響的床一旁的小桌子，抽屜都有鎖。

我位在四樓的房間，唯一一扇窗也有鑰匙孔。為什麼開在石牆上的小窗也要上鎖，我實在無法理解。

無論哪一扇門的鎖，只要關上就會自然鎖上，如果鑰匙忘在房間裡，就再也進不了了。一想到每天進出好幾次的房門，只要我一踏出就自然鎖上，不禁覺得連我的房間都排斥我。

那是個下雪的日子。我來到一間有著寬廣庭院的廢屋，那是挨過幾十年前戰爭的轟炸留下來的，屋頂少了不止三分之一，從外頭就能直接看到裡面的隔間。

到處都有類似的房子。也有很多牆壁殘留著無數彈孔，就這樣留下來的公寓。

荒涼的寬廣庭院一片積雪，掛在堅固鐵門上的大鎖已然生鏽。看到沒有屋頂的玄關門，卻老老實實銬著一副大鎖，發笑之前，我先是感到震驚。

究竟在防什麼呢？

大雪紛飛，以前或許是寢室的房間，如今一片雪白。

明明沒有留下任何拒絕的方法，唯獨表達拒絕的意思卻顯而易見。

那把鎖，不是在守護看得見的東西。

而是即便被破壞了，腐朽了，已經消失了，也要守護的東西。

我從未像此刻如此清晰地感受到，這個城鎮鎖上的一大堆鎖，確實在拒絕我。

天降之物

小時候，只要一下雨我就往外衝，張開嘴巴，仰望天空。

但即便連眼睛都快裂開似的張大嘴巴，掉進嘴裡的雨水還是少得可憐。雨水很甜。

小孩之間傳說著，雨水裡其實有放砂糖。這我相信。

為了不讓嘴巴張得太瘦，乾脆拿來扮家家酒的水桶到外面，淋著雨，蹲下來貯存雨水。

再用手舀起那只存了一丁點的雨水，放入口中舔舔。一點也不甜。

於是我又仰望天空，張開嘴巴。

從天空落下的小水滴確實是甜的。我想，我的嘴巴和水桶之間可能怎麼了。

下雪的話，我也會立刻衝出去，張大嘴巴，仰望天空。

雪下得比雨慢條斯理，只有一點點掉入我的口中。

雪也在口中甜甜地擴散開來。

在我眼中，雪山就是一座砂糖山。

因為我們很想吃甜的東西，所以，院子裡的雪山看起來就像巨大的砂糖山。那時甜的東西，只有稱為「糖精」的錠劑。

我趴在在雪山上，把雪塞進嘴裡。雪帶著灰塵味，冰冰冷冷的，很苦。

儘管如此，我還是不願相信雪山不是砂糖山。

我不再去雪山附近，改從窗裡看著雪。

院子一角的煤炭山，白得閃閃發亮。

我想可能是我趴在雪上吃雪，所以雪才無法變成砂糖。
只要在這裡，遠遠看著雪白閃耀的山，那座山就會是砂糖山。
為何我明知事實如此，還想把雪山當作砂糖山？
為什麼只有在遠看的時候，才會感覺那是砂糖山？
我永遠都能津津有味地從窗裡看著發光的砂糖山。
幾十年的歲月，我看過無數美麗的雪景。
但已無法像孩提時代帶著那種熱情，把雪想成砂糖，興奮地看著它。
第二天，在太陽的照射下，雪山逐漸露出黑色地面，讓我覺得很悲慘。
那是對貴重的美味砂糖的冒瀆。

*

學生時代，我寄宿在牛込的阿姨家。

阿姨家位於曲折的巷子底，已經是五十年的老房子。巷子連接著好幾條巷子，就像時代劇裡出現的，玄關門上半部是紙拉門的長屋，猶如爬在地上聚集在一起。

一下雨，石板地就翹動起來，石頭下面擠出糊糊的爛泥巴。在這種長屋的小院子，有花匠的小老婆在曬棉被，從巷子就能看到親子在糊紙袋。阿姨家隔壁的玄關前，有個穿著浴衣的幽靈抱著嬰孩。雖然房子顯得雜亂無章，但居民絕非過著骯髒的生活，夏天會在巷子潑水，玄關的紙拉門也一直開著，掛著竹簾，小窗邊攀附著牽牛花。某清晨，開窗一看，外面在下雪。茫茫的白雪，將這一帶變成截然不同的世界。

交錯擁擠的長屋屋頂很美。阿姨家有點波浪形的屋瓦，積雪後，起起伏伏的充滿微妙的美感。

我再度察覺到大自然是平等的，十分開心。

有一次我讀到清少納言說，貧窮骯髒寒酸房子裡的人，下雪後竟然活蹦亂跳起來，實在太囂張。

我想起下雪的日子，從阿姨家看到雪景。也想起在小小的屋簷下擠在一起生活的人們，倍感懷念。

平常怎麼搖都搖不起床的兒子，只要我說一句「下雪了喔」，就跳起來一把撞開我；還有一早打電話來跟我說「姊姊，下雪了，下雪了」的妹妹，也是住在貧窮寒酸屋簷下的人。

我之所以喜歡清少納言看待貧窮寒酸之人的疏遠冷漠，是因為她把看到雪景的感想，十分坦率地說出來。

＊

下雪的夜晚，家家戶戶像是在繪本裡的聖誕節；陰天的時候，有著像淡色黑白照片的牆壁；冬天的陽光，耀眼明亮到令人眼睛發痛。

外國的大自然，是我未曾體驗過的。美麗的雪景與耀眼的冬陽，也都拒絕了我。

某日，我為了工作來到一棟大樓的辦公室。一位穿著白襯衫、袖口露出金色汗毛、年輕且成功的老闆，和顏悅色地看著我的臉說：

「我希望妳能畫出像妳美麗眼睛那麼迷人的畫。」

我大吃一驚，只能像呆瓜一樣傻笑。外國男人的優點，也像外國的大自然一樣，讓我無法親近。那個男人指著大玻璃窗說：「雨真美啊。」外頭下著細雨。啊，今天下雨了啊。已經春天了啊。

我感覺到日本溼答答的六月。

於是懷念起下在牛込阿姨擁擠的家的雨。下在屋後墓地的卒塔婆[1]與廁所窗戶之間的細雨。下在昏暗的客廳玻璃窗與隔壁圍牆伸過來的樹葉之間的，小氣巴拉的雨。細雨勾起我濃濃的鄉愁，我從大到不像話的玻璃窗望著美麗的外國景色，淚水奪眶而出。

「妳的心，也下了美麗的雨嗎？」

事業成功的金毛濃密男又和顏悅色地說。

「因為我想起我跟阿姨說過，以後要蓋一間看得見海，看得見樹，下雨的話，雨會看起來很美的房子給她。」我在撒謊。其實我只是很懷念那

1「卒塔婆」原本指的是佛教供奉舍利的佛塔，日本立在墳墓後方的「卒塔婆」則是一種象徵性的佛塔，由木板製成的塔形木牌，上面寫著梵文經句、戒名、歿年月日等。

小氣巴拉的雨。

＊

下雨的寒冬傍晚，我遇上了騙子。因為又冷又餓，我忙著趕路，想快點回去阿姨家，窩在暖爐桌裡吃晚飯。

從明亮的商店街拐進巷子時，有個女人對我說話。

「請問去東京車站要怎麼走？」

她繫著領巾，戴著大口罩，穿著黑外套，沒有撐傘。

「從這裡，搭巴士，到市之谷換電車。」

「不好意思，我想走路去。」

然後又接著說，她是個學生，不過現在待在清瀨的療養所，要回去父母住的伊東，途中在池袋搞丟了錢。

我心想，這說不定是詐騙。

但也想，說不定不是。

我的錢包裡只有一丁點錢。

「妳是學生嗎？」她問。

當她問我「是學生嗎」，讓我忽然想起「對哦，我是學生耶」。當我想到我是學生的同時，也想到她是生病的學生，而為我自己的健康感到過意不去。

於是我從錢包掏出錢來，給了她坐到東京車站的車錢，然後跟她說，到了東京車站再跟車站的人借就好了。這只是一點小錢，但她說要還我，叫我寫住址給她。我把紙抵在藥房的玻璃窗上，寫下阿姨家的住址。她看著住址問：「妳的故鄉是哪裡？」

「靜岡。」

「啊，我也住過靜岡。」

我立刻相信她，甚至覺得懷念。我還想跟阿姨借錢，然後轉借給她。

於是我邀她一起跟我走進巷子。

聽到我念美術大學，她又說：「我很喜歡梵谷。」我又立刻相信她。

雖然我並不怎麼喜歡梵谷。

到家後，我立刻衝了進去，跟阿姨說我要借錢的理由。

阿姨說：「這就怪了。我已經看穿了，叫她進來吧。」

外面在下雨，她卻不肯進來，明明一副像在隱瞞什麼的樣子，我卻認為她是不好意思。

阿姨堅持要她進來，她卻只是站在玄關水泥地的角落，把對我解釋的話，同樣說給阿姨聽。

阿姨帶我回客廳後說「有問題」。正因為阿姨說「有問題」，所以我

硬要說「沒問題啦」。

於是阿姨從錢包掏出兩千圓，遞給我。我把這筆錢給了她。母親每個月寄一萬圓給我，我給阿姨八千圓當作住宿費，剩下的兩千圓，是我一個月的生活費。

表弟端了紅茶來。

她沒有摘下大口罩，只是挪了一下，站著喝紅茶。喝完紅茶後，她對阿姨說：

「不好意思，那雙涼鞋可不可以借我？」

她指著阿姨新買的涼鞋。

然後把她快壞掉且溼透的涼鞋放在玄關角落，非常非常有禮貌地鞠躬道謝：

「明天，我會和母親一起來歸還。」

雨還在下。

我說「我去送她」，撐起雨傘，邀她一起撐。一路上，她頻頻地說：「到這裡就好，到這裡就好。」但我覺得，我和她已經是朋友了。明天，她來阿姨家的話，或許我就會和她變成好朋友。但是不知為何，她越來越沉默，還有點焦躁。我想可能是因為都電遲遲不來的緣故。

都電來了，她又非常有禮貌地鞠躬道謝說：

「明天我一定會再來。」

然後她就搭上都電了。

我望著她的背影。

在望著她背影的瞬間，清楚地明白了：「啊！我被騙了！」

她的背影，把我和她之間的關係，徹底斬斷了。

這個背影清楚地顯示出，在她的意識裡，就從這一瞬間，我已經成為不需要的人。她沒有回頭看我。

後來我頻頻這麼想，要是那天沒下雨的話……因為下雨，「生病的學生」才會滲入我心裡吧。

她的背影，在都電的燈光中能看得那麼清楚，是因為我站在下雨的外面吧。如果她不是背對我，而且還向我揮手道別，第二天她或許會來歸還兩千圓和阿姨的新涼鞋。

因為人會說話

一週一次，我會去畫具店的二樓畫素描。從一樓的店到二樓，要爬一個垂直的梯子，二樓地板挖了一個約八十公分見方的洞。我用手扳開乾泥土鋪的粗糙地板，爬上去一看，一位穿著浴衣、裸著上半身的模特兒正抽著菸，不發一語看著從樓梯洞爬上來的人。

來這裡畫裸女的有畫家有學生。我在這裡不想和任何人說話，而來到這裡的人也不會交談。當有人看看手錶說「時間到了」，模特兒便脫掉浴衣，或站或躺地讓大家畫。模特兒像生氣似的臭著一張臉，四、五個人圍著她，拿著鉛筆默默地畫，若是有人清清嗓子，都會顯得很突兀。

畫具店位於車站前的小巷子裡，兩旁林立著串烤雞肉店、酒吧或小酒館，才剛畫沒多久，巷子裡五光十色的霓虹燈就亮了，待在沒有窗戶的二樓，只聽得見來往巷子的人聲與腳步聲。

有一次，我聽到兩個女人在巷子聊天的聲音。一個好像教訓對方；另一個似乎比較年輕，不停說著藉口。兩人站在巷子，低低切切地談了很久。我沒仔細聽她們在說什麼，也可能是當時二十歲的我，對風塵女子的談話沒興趣吧。只清楚地聽見一句：

「妳這麼做的話，世間會越來越窄喔。」

然後就靜下來了。

我第一次聽到「世間會越來越窄」這種話。

我很清楚，她說的「世間」這個詞，不同於我知道的「世間」面貌。

對我而言，我原本認為「世間」是看不見的東西，漠然地圍繞著我，有點老舊，有點礙到我，只想把它甩掉的東西。

這時我才明白，世間這種東西，是和每個活著的人連在一起。

*

我十九歲的新年，父親死了。

我很後悔留下長年臥病在床瀕臨死期的父親，獨自去東京念升學補習班。這一年，我為了考美術大學，幾乎都在這裡畫畫。

儘管知道，最後彼此會是最強的對手，但我在這裡，認識了真的稱得上朋友的人。當我收到寫了很多名字的奠儀包，還有好幾封厚厚的信時，雖然焦慮著兩個月後就要考試，但還是想溫存在這友情裡。也或許是畏懼父親的我，失去了不想失去的人，才想依靠在與人的連結裡。

在眾多朋友的安慰與鼓勵下，我回到大考的日常生活裡，坐在畫架前，心想今年一定要考上。隔壁的空椅子，坐了一位平常不太交談的朋友。但我們見了面還是會打招呼，回家時會一起走去車站，僅僅只是這樣的朋友。

他沉默了片刻，說了一句話：

「辛苦了。」

短短的一句話，卻讓我感受良深，心生感激。

他是比較遠的朋友。

雖然這句話依然清楚地表達了，他是比較遠的朋友。但這份遙遠的友情深深感動了我。

在支撐我的濃厚友情圈裡，這份比較屬於外圍的遙遠友情，讓我像是望著遙遠的星星，覺得宇宙很美那種感覺。

＊

阿清是父親那邊的遠親。雖然為期不長，但我住在父親鄉下老家時，他是曾和我一起上學的高年級生，身材瘦弱，頭形是倒三角形，皮膚很白。皮膚很白的三角頭男生，帶著一股皮膚很白的三角味。

我住在阿姨家時，阿清在東京的設計事務所上班。他來看我的時候，我開心得不得了。成人的阿清，穿著西裝，打著領帶，但皮膚還是很白，還是帶著三角頭男生的味道，讓我想起父親鄉下老家的村落梯田，還有吊在向陽處的柿子。

我們走進新宿的咖啡店，以一種成人的氣息，點了茶。已經是大人的阿清，談著大人的話題，我十分享受和他聊天，畢竟是遠親，當然也頻頻喝著茶。

阿清送我到巴士站。等巴士的時候，他說：

「妳願意再出來和我交際嗎？」

我不假思索地大聲說：

「不要！我才不要呢！」

我和阿清頓時目瞪口呆，兩個人就這樣呆立不動。上了巴士後，一股難以收拾的混亂襲上心頭，自我厭惡把我壓垮了。

我對「交際」這個字眼的排拒反應劇烈。「交際」這個詞，對我而言是不乾淨的，低級下流的，不可原諒的。

我不討厭阿清。

比起「交際」，他若能說：「這個星期天，一起去看電影吧。」我一定會很高興地說：「嗯。」

至今，我依然覺得對不起阿清。年紀越大，越難原諒自己。我是個瘋子。只要還活著，只要對阿清說「不要」的我還在，我都是瘋子。

但即使是現在，我依然不喜歡「交際」這個詞。

*

夏日傍晚，我抱著大西瓜走在叔叔的後面。

我覺得買了這麼大一顆西瓜給我的叔叔，今天心情很好，一定也不討厭我，我也開心得蹦蹦跳跳。

然而又大又圓又重的西瓜，很難拿得穩。

一個不小心，西瓜從我的手中滑落，掉在人行道上，裂開了。

叔叔回頭，「嘖」了一聲，接下來也罵了我。但我被那聲「嘖」擊垮了。

我抱著滴著淡紅色汁液、一塌糊塗的西瓜，踩著沉重的腳步跟在叔叔後面。我對自己的不謹慎感到丟臉，不該認為叔叔心情好，走路就蹦蹦跳跳。我也覺得那一聲「嘖」，不只是針對我摔破西瓜的過失，而是對我這個人的厭惡。叔叔本來就討厭小孩，這麼一來甚至是對所有小孩的憎惡。

幼時的我，犯過很多錯。大人們對我的怨言或斥責，我早就忘光了。我想我爸媽也對我「嘖」過不少次，我也應該聽過不少次，但也全都忘光了。我並不討厭那個夏日傍晚，以及因為打破西瓜，對我「嘖」的叔叔。我看到的是，一個安靜不下來，吵吵鬧鬧，把西瓜摔得一塌糊塗，令人厭惡的小孩。我討厭映在叔叔眼中的我。

*

十二年前，我在德國認識崔先生。住在那個城鎮時，我們是很熟的朋友。我能有外國朋友，全是拜崔先生卓越的語學能力之賜。讓我這個只在語彙範圍裡才有思考能力的人，感激不盡。

當崔先生用德文說話，我覺得他是德國人。當他用法文說話，我覺得他是法國人。當他用母語說話，我佩服地心想，啊，這個人也會說韓文耶。

「放鬆」這個日文的語源，也是崔先生教我的。「放鬆」這個詞，對我來說就只是放鬆，從來沒想去深入了解。

我對語學完全沒有上進心，崔先生想必很生氣吧。我理所當然對他說日文，但有時想起他是外國人，不免心頭一驚。

有一次，我們在看兩張畢卡索的版畫。兩張都是鬥牛場裡同樣場景的版畫。崔先生問我哪一張比較好？我指著其中一張。崔先生說：

「說得也是，這一張有鬥牛場的喧囂。」

那時我腦袋裡有的只是「這張聽得到聲音」。我覺得很丟臉，一則是我不會寫「喧囂」這兩個字，再則是我竟然用「聲音」把「喧囂」帶過去。

我和崔先生在我們認識的外國城鎮道別，後來和三年會去歐洲一趟的崔先生，在東京見過好幾次面。

每當隔幾年又見面時，我覺得我老得飛快。

這次我在飯店大廳等他，紳士般的崔先生悠然地走過來，邊握手邊說：

「人越是老，就會越像那個人啊。」

我從來不知道如此精準的日文。

四方形的玻璃窗外

因痲疹住院時，我才剛滿一歲，所以這個記憶可能不是真的。我在點著日光燈、有著白漆窗框玻璃窗的病房裡，透過窗戶看得到醫院的中庭，中庭的大塊石板連成卍字形，穿和服的母親與穿水手服的哥哥，手牽著手，在遠處向我揮手。由於光線很暗，我不知道母親穿的和服是什麼顏色，也看不清哥哥的灰色水手服。

然後，我變成了哥哥。

我看見，我趴在病房的白色小窗邊。我的臉剛好佔滿了小玻璃窗，額頭緊緊地貼在玻璃窗上，對哥哥的我揮手。

哥哥的我，看著我心想，額頭貼在玻璃窗上很冷吧。

只有我相信的最初記憶是，哥哥和我之間有一扇小小的玻璃窗。

*

北京的冬天很冷，窗戶是雙層玻璃窗。我不記得有從家裡面向院子的窗戶看過外面風景。

很冷很冷的早晨，我跑到窗邊。

雙層玻璃窗的內側，分成很多二十公分見方的玻璃窗，上面結冰，形成各種圖案。每個玻璃窗形成的圖案都不一樣，彷如圖案精巧的連續蕾絲。有的像花，有的像葉子，有的是六角形雪結晶形狀，絲毫不混亂地連在一起，但從窗外看不見。

我和哥哥常常搶著圖案最美麗的玻璃窗。結果每次我們搶的都是同一扇窗，然後爭相用手指在美麗的圖案上亂塗，以宣示這扇玻璃窗是自己的。最美的圖案，若不能第一個破壞它就沒有意義了。

哥哥伸出手指要摸玻璃窗時，會有點猶豫，還憋氣，好不容易終於豁出去將指甲抵住玻璃，又被我喊了一聲「塗」先得手了。一旦破壞之後，我就可以用手指在玻璃窗上盡情亂塗。我們並沒有看向逐漸透明的小窗外面，只專心於把圖案塗掉。看到被塗得亂七八糟的玻璃窗，覺得自己是征服了一個國家的國王，非常滿意。

換到下一個圖案，發現已經融化，變成水滴在玻璃窗上流淌，就覺得這個窗戶沒有用了。

我也不知道為什麼。為什麼自己要搶第一個，毀掉那最美的東西。

不想讓美麗的東西持續美麗下去。這種欲望，究竟是怎麼回事？

＊

在德國時，我從廚房可以看見隔壁家的小窗。那扇窗裡，有個穿黑色洋裝的老婆婆，動也不動，側身坐著。

小窗掛著乾淨的蕾絲窗簾，院子裡有彷彿覆蓋了薄霧的枯草。每天吃完早餐，我就看向隔壁的窗戶。老婆婆早已坐在那裡。我像青蛙般蹲在廚房的葉片式暖器上，一直看著老婆婆，心想她總會站起來、吃飯、做家事吧。

但老婆婆一直動也不動。窗戶裡的老婆婆，就像畫框裡的畫。

我為什麼執念那麼深，期待老婆婆會動呢？

可能是出自世俗的好奇心吧。可能是我以為，活著就是要動吧。

老婆婆動也不動地坐著，是頑強活下去的證明。生命真的很奇妙。

＊

那是個寒冷的夜。

我家面對大馬路的窗戶，傳來輕輕的拍打聲。一個約莫九歲的男孩攀著窗框，笑著偷看裡面。

玻璃窗，成了一扇小小的門。

男孩手上拿著用報紙包的東西，從小玻璃窗這扇門遞過來說：

「這個，給妳。」

裡面包了兩條海苔壽司捲。

「快點回家。」母親說。

「我沒有家喲。」「你爸爸和媽媽呢？」「我沒有爸媽喲。這個給妳。」

「為什麼？」「這是那邊的阿姨給我的。送給妳。」「你自己吃。」「我已經吃過了。這個給妳。」「那麼，你明天肚子會餓，明天吃。」「這個給妳啦。」

男孩一直在笑。母親把他的手推出去，鎖上了小窗的玻璃門。男孩在玻璃窗外，依然在笑。過了一會兒，又傳來拍打玻璃窗的聲音。

「我忘了說再見。」男孩說。

回憶起這件事，我想著那扇在男孩面前關上的小玻璃窗。二次大戰結束的那年冬天，雖然我們在大連飢貧交加，但是有書本，還有老鼠會跑進來，甚至有壁爐。在明亮的電燈下，五個小孩也會和父母一起笑。

從黑暗寒冷的外面，透過敞亮的窗戶看見的我們，應該是一幅幸福的畫吧。

＊

大學時租屋處的後面，有間像加蓋的房間。房間的窗戶，隔著一條小巷子，和我的房間對望。

玻璃窗貼滿了障子紙[1]。有一次，我聽到那裡傳出女人的叫聲，那聲音像是以前在收音機聽過的前衛音樂。我只聽過一次這個聲音。跟我住在一起的朋友悄聲地說，瘋子從醫院回來了。

有一天，白色障子紙出現了醃梅大小的洞。看起來像用唾液沾溼了紙，再用手指挖出的洞。仔細一看，只見洞裡有人的眼睛。

第二天，那個洞貼上了梅花狀的白紙。

另一天，梅花多了兩張。無聲無息。靜悄悄房間的玻璃窗，轉眼間開了很多梅花。

梅花的花瓣與花瓣之間，也有黑黑小小的洞。

除夕傍晚，我打算回鄉下老家，匆忙拉上窗簾之際，仔細一看，對面那扇窗戶，重新貼上純白的四方形障子紙。

這純白的四方形障子紙，讓我感到一股毛骨悚然的異常。這是瘋子的母親貼的吧。每天不屈不撓地貼梅花，為了新年竟然規規矩矩地重貼白紙。

如果是透明光亮的玻璃窗貼上了紙，不會有人想挖洞看天空吧。而從那個小洞看到的世界，是多麼地無垠寬廣吧。執拗的用梅花狀的紙貼著小洞的人，他的正常度讓我感到毛骨悚然的異常。

＊

在郊外的車站下車，眼前是連著一片樹林的雪地。走在林道中，樹與

1用來貼日式紙拉門的紙。

樹之間有小小的足跡，直到樹根處才消失。這是第一次看到松鼠的足跡。朋友是一位交換留學生，他寄宿的家像繪本裡的小巧插畫。看似小小的房子，走進玄關後卻寬廣無比，霎時讓我目瞪口呆，心想這塊土地上竟有如此豐饒的生活。

隨著一聲「請進」被邀入客廳，我隨即倒抽了一口氣。客廳有一大片玻璃窗，直直從天花板到地板，房間有一整面完全對外開放。

玻璃窗外有一座小湖，湖水漾過來的白色雪地上，佇立著好幾棵美麗的針葉樹，朦朧的泛藍暮色中，幾隻天鵝浮在水面。這面大玻璃窗，使得房間的地板和湖面連成一體，我們不是在房間裡，而是在美麗的向晚湖邊。

這座湖的所有人，是這棟房子的屋主。

我對人能擁有如此美麗的風景感到困惑，美到令人驚豔的湖、天鵝，還有樹木彷彿在說：「要不要看看啊？」然後秀出高價的寶石一樣。這片

透過玻璃窗顯示的風景，在對我說，我和它無緣。

過去我有一種錯覺，總認為開一扇窗，是為了稍微分享一點大自然，小小四方形的暮色或雲朵，飛過窗口的麻雀或蜻蜓，都是正和別處的小窗同樣看著風景的人所共有。

太大的窗戶，整面牆的巨大玻璃窗，那種企圖吞沒整個風景的意志，對我而言，不單純是為了風景，而是對世界的冒瀆。

時光流逝

明明沒有人看過時間，為什麼可以命名「時間」這個名稱。「時間」這個詞出現時，如果我在現場，恐怕很難理解吧。

然而就如沒有看過風，但從小就知道風，每個人也從小就知道時間。我們都知道「稍微等一下」的稍微，「後天的後天」的後天，「很久很久以前在某個地方」的「很久以前」。

想到要用時鐘來計算看不見的時間的人，我不知道他為何需要這種正確性，但一定是有需要吧。畢竟需要為發明之母，科學就為了便利而發達起來，這也沒辦法。

倘若我只有一個人活著，沒有時鐘沒有日曆，也沒什麼困擾。但人越多的話，就必須有很多正確的、看得見的東西。

把看不見的東西置換成看得見的東西，就是科學吧。

若有人問我：「妳什麼時候出生的？」我回答：「已經很久以前了。」然後對方看看我的臉，大概也就知道多久以前，畢竟這種事也不能問得太清楚。儘管這個「很久以前」也因人而異，但也不是什麼大不了的事。

時間帶給人剛剛好的情況，少之又少。

想有一番作為的人，時間總是不夠；什麼都不想做的人，時間一定像過大的洋裝。

織女引頸期盼了一年一度的七夕一晚，是多麼短暫的時間。

人活著總有抓破宇宙也想停止時間的時候，也有不願想起痛苦事情的時候，或是即便踢翻地球也希望時間過得快一點的時候，卻為什麼能用同樣的時鐘計算時間呢？

活著和消耗時間是同一件事，但人無法去沒有時間的世界。在伸伸縮縮的時間裡，我們也活得伸伸縮縮。

我覺得當我在等待什麼的時候，是最直接面對時間的時候。七夕的織女，在黎明與牛郎分開時，是一年裡最痛苦的時候吧。這一天，織女一定哭得很慘。即使想到接下來一年的漫長時間，差點昏厥過去，但這一天總會過去，明天也會過去。

縱使有三百六〇天，時間也會緩慢流逝而去，但如果我是織女，我不知道最後一天該怎麼辦。

胃好像要從喉嚨跳出來，根本吃不下飯，因為沒吃，時間立刻多了出來，穿著打扮早在一星期前就搞定了，幾乎無事可做只能等待，已經搞不清是地球還是天體，同樣的文風不動，感覺那一刻永遠不會到來。

不過我認為，直到遠遠地看到牛郎的小小身影，互相招手之前，這段時間對織女而言，是最難熬的時間吧。

只是再稍微等一下，我都等不了。只是再稍微等一下，時間就會變成怪物壓垮我。我無法掌握時間，就會失控。

可是，縱使人生像織女的唯一一夜持續下去，一生也轉眼就過了，即使活到九十九歲也像轉瞬之間，會覺得很不滿吧。

若不度過幾次難熬的漫長時間，怨嘆為何要活這麼久，就不會成為長度剛好的時間吧。

即便是牽牛花，只知道這世間的一個早上；但對牽牛花而言，這是不長不短的完美時間吧。矗立了幾百年的大樹，當它腐朽倒下時，幾百年也不會太長。

即便人類以時鐘計時，但對每個人而言，一秒並不是同一秒。

即便活在同一個地球，地球的轉速也不同，各自有地球的轉法。

無論碰到多麼痛苦的時候，人都會珍惜時間。但這不是因為珍惜時間，而是和珍惜自己一樣吧。

我不喜歡「時間就是金錢」這句話。我覺得非常珍惜時間、不浪費時間的人，很了不起。但可以的話，我想過浪費時間的日子，不想被時間追著跑，也不想追著時間跑。

就像已經穿慣的洋裝，能夠一直自然地習慣最好。一旦被後悔折磨時，我不是把過去的時間拉過來斬斷，就是好好地重來一次。

小時候，我跟一個小女孩說：「稍微等一下哦。」就讓她在醫院的松葉牡丹花圃邊等，自己則被母親拉著回家了。

那個沒有再見過面的小女孩，在我心裡，依然蹲著，一直在等我。

＊

大年初一的早上，醒來，眼睛睜開的瞬間，就是新年了。太陽的光芒，呼吸的空氣，都成了新年專用的。和昨天的一切截然不同，新的一天開始了。

枕邊擺著全新的白色內衣褲，下面摺疊著最漂亮的洋裝。吃年糕湯時，我拚命嗅聞周遭的味道。

周遭充滿了新年的空氣，我知道整個世界變成全新的。

然後我長了一歲。全家都長了一歲，這個長了一歲的年是全新的。我是全新的五歲，哥哥是全新的七歲。

隔壁的久惠，穿著金線繡花的錦緞和服來炫耀。

她的手裡甚至拿著羽子板[1]，那支羽子板還黏了一個凸出來的人偶娃娃。凸出來的人偶娃娃戴著金色長帽，忸怩作態的在下巴地方比著嬌媚的手勢。人偶是用布做的，裡面塞了鬆軟的棉花。

我的羽子板上是個妹妹頭的娃娃，而且是印刷上去的，整支平平的。我以悲慘落寞的心情，望著自己截至昨天為止還開開心心當作寶貝的羽子板。

久惠只要動動身體，就會發出沙啦沙啦和叮叮咚咚的聲音。

因為她頭上綁了一個超大蝴蝶結，蝴蝶結吊著金色小板子和墜飾，動不動就沙啦作響。胸口塞了一個小盒子般的錢包，一半露在外面。這個錢包掛著鈴鐺。還有腳上穿著草蓆鞋面的漆木屐，這雙漆木屐的洞也裝有鈴

1 羽子板是一種長方形帶柄、上面畫有圖案的木板，以前是過年玩球類或拍毽子用的。現在通常是裝飾應景，過年時買支漂亮的羽子板討吉利，由於形狀是由下而上逐漸變寬，意味著未來發展寬廣。

鐺。

我蹲下來端詳這雙漆木屐。這雙有著金色與紅色鞋帶、而且是草蓆鞋面的漆木屐，最是讓我吃驚。我們用羽子板玩拍毽子。久惠的羽子板太重，幾乎舉不起來。而且穿著高高的漆木屐，根本無法走得快，總是搖搖晃晃，差點跌倒。

我覺得是木屐上的草蓆鞋面害她走不穩。

周遭飄蕩著新年的全新空氣。

下一個新年，我們搬家了，住在另一個城鎮。那是個常常下雪的城鎮。新年的早晨，睜開眼睛，枕邊放著一雙漆木屐。

我看到這雙漆木屐，抽抽搭搭地哭了起來。這雙漆木屐沒有草蓆鞋面。我無論如何都想要有圓圓鼓鼓的金色刺繡鞋帶，和有草蓆鞋面的漆木屐。

父親露出一臉為難、悻悻然的表情。但周遭依然是全新的新年空氣。

之後，我過了幾個新年，沒有白色的麻糬，吃的是在碗裡會融化的栗餅[2]。二次大戰結束那年的新年，全新的新年也來了。我們被遣返日本，在父親的鄉下老家過新年，我已經沒有新衣服和新的內衣褲，可是依然吸著全新的新年空氣。

有一次的新年，我醒來之後，覺得怪怪的。明明是新年，卻有一種延續昨天的普通感覺。

枕邊有漂亮的新衣服，但那也只是漂亮的新衣服。外頭有明亮的陽光，

2 用小米做的年糕。

但那也只是冬季的某一天的陽光。周遭沒有新年專用的空氣。我不知道為什麼會這樣。我一直相信，新年會有新年專用的空氣，一種冷冽緊繃的特別空氣會吹來。

並不是穿著新內衣褲、新衣服，吃著年糕湯，門口擺飾門松，就是新年。新的內衣褲、門松與母親的和服裝扮，要在新年的空氣裡，才算新年。

大年初一的早晨，全新的新年會來。到了第三天，新年的空氣變得有點舊，但還不算普通，依然有著第三天的新。然後到了第七天左右，會變成普通的空氣。我們也在第七天穿上普通的衣服，回歸普通的日子。

那時我想，說不定是我搞錯了。或許到了中午，那種新年的感覺就會來。但到了中午還是一樣，只是一個普通的中午。

我好像遺失了什麼重要的東西，但不知道要去哪裡找。那是我九歲的新年。

然後新年的空氣，再也不曾回來。

外頭在下雪。從我三樓的房間往下看，打從去年一直下下停停的雪尚未融化，院子裡一片積雪。路上有兩個淡褐色髒兮兮的、車輪壓過的凹痕。偶爾有福斯汽車駛過之外，四下一片靜謐。

這是我來柏林一個星期後遇到的新年。

明明是新年，外國的街景卻沒有特別之處，讓我覺得很不可思議。俯瞰到的城市，昨天的早晨和今天的早晨沒什麼兩樣，依然是美麗的外國城市。穿著黑色洋裝、拄著手杖的老婆婆，拎著籃子，慢慢地走路。但是，我一早醒來就發現，周遭充滿了孩提時代的全新空氣。

在廚房吃著麵包配紅茶的淒涼早餐時，新年專用的空氣也圍繞著我。孤零零的我，身邊沒有任何懷念的日本新年應景之物，在陌生的外國新年清晨，呼吸到遙遠的童年，我那曾經失去的全新空氣。

那雙已經二十年沒想起、久惠穿的草蓆鞋面漆木屐，此刻也鮮豔地浮現在腦海裡。

在這個新年只是日子又前進一天的外國，明明沒有任何應景的事物，那個幼時全新的新年，卻獨獨對著我復還而來，究竟是怎麼回事。

＊

中學入學時，我央求祖父買手錶給我。

打開送來的小包，裡面是一支泛著朦朧光暈的手錶。粉紅色的塑膠錶帶，也是朦朦朧朧的淡粉色。沒有損傷也不是舊錶，不知為何就是霧霧的。

還有，時間就剛好停在十二點。

看似一支打從一開始就不想認真工作的錶，其實也真的常常走走停停，我三不五時就把耳朵湊在手腕上，聽聽看它有沒有在走。

我要手錶，並非想知道時間。只是單純想要有手錶這種機械。我不是過著分秒必爭的生活。

即便我像我的手錶，過得有點恍神呆愣的生活，也沒什麼大礙。

明明沒什麼大礙，我卻對我的手錶不能規規矩矩地工作，感到不滿。

我對嬸嬸說：

「爺爺送我的這支手錶，動不動就停了。」

嬸嬸像在透露什麼重大秘密般，悄聲地說：

「其實啊，這支錶是妳爺爺在當鋪買的。」

那時我還不知道什麼是當鋪。

上了大學以後，我買了最便宜的錶。最便宜的錶是男錶。便宜的手錶，規規矩矩地勤奮工作。

因為我是很窮的學生，到了月底經常向朋友借錢。我的心情也很沉重，所以想說把手錶拿去當鋪當吧。想歸想，但去當鋪是非常要不得的行為，很丟臉的事。

我在當鋪外踱來踱去，最後還是衝了進去。

當鋪說這支錶值三千圓，借了我一千圓。我認為這不合理，既然值三千圓就該借我三千圓。

然後過了一星期，我拿一千圓把手錶贖了回來。

之後就這樣反覆拿去當又贖回來。每次我從當鋪回來，都覺得手錶的光澤慢慢地朦朧了。而且原本很準的手錶，變得不太準。

我懷疑當鋪是不是動了什麼手腳。跟當鋪打交道後，我認為當鋪是貪婪、頑固、小氣且陰險的地方。

祖父送我的手錶，說不定也被當鋪動了手腳。

過了幾年，我忽然想到，那間當鋪不收利息嗎？而且三千圓的中古手錶，借我一千圓也未免借太多了吧？

一股羞恥在我體內奔竄。

那支手錶待在當鋪時，可能以我這個主人為恥吧？失去了亮晶晶的光鮮身分，一直為此感到自卑惶恐吧？而祖父送我的那支手錶，也曾在當鋪的陰暗角落，刻畫著羞恥的時間而疲憊不堪吧？

然而讓我感到最羞恥的，不是有段時間我始終懷疑父親戴的是當鋪的寒酸眼鏡，而是我已完全忘記那段歲月。那段歲月和手錶刻畫的時間截然不同，是一段空白歲月。

此刻，我的羞恥密密麻麻填滿了那片空白歲月。

我想今後我仍會以各種羞恥，去填補那樣被我遺忘的空白歲月。

*

我跟鐘錶，真的八字不合。

以前家裡的掛鐘，從來沒有準時過。我看時間的時候，都得匆忙地加加減減。

中學時，我第一次得到的流當品手錶，起初就停在十二點，雖然後來開始動了，但一回神，它又經常停在十二點。

去到外國，朋友的媽媽送我一支手錶。也像是在船上喝醉酒似的，總是緩緩地搖晃著前進。

朋友從墨西哥帶了一支手錶當作伴手禮送給我，那是一支鑲著金邊、很氣派的紫色大手錶。數字盤面也是深紫色的大理石，非常漂亮。但這支手錶只有一根短針。

我這種馬虎、隨便的人，很喜歡這支顯示粗略時間的手錶，因此戴了一陣子。戴這支手錶的時期，時間以非常落落大方的方式環繞著我。猶如差個一、兩小時又怎樣，這支手錶的二十四小時，是以大概是早上、大概是中午、快要傍晚了、接下來一直是夜晚的方式告訴我。

即使如此，我也不覺得有什麼不便。

有一次，我跟送我這支錶的朋友說，賣這種錶的墨西哥真是太棒了，我相信我能在墨西哥過得很幸福。朋友一臉不可思議地端詳我的錶，然後說：

「哎呀，長針掉在這裡啦。這支錶打從一開始就壞了。」

我非常喜歡這個壞了一根指針的手錶。

有一次，我出門約會。因為手錶壞了，又不想遲到，所以把鬧鐘放在包包裡帶出門，坐在石頭長椅上。

明亮的太陽與梧桐搖曳的小廣場噴水池前，時間彷彿靜止了。

忽然，包包裡的鬧鐘大響。我連忙從包包裡拿出大鬧鐘，按下忘記按的按鈕。

就從這一刻起，出現了滴答滴答，一秒一秒刻畫的時間。

愜意地在我周遭流淌的幸福時間，被分割成滴答滴答的每一秒。就連我大口咬著帶來的李子，也滴答滴答地匆忙催促。「如果我們是有錢人的話」滴答滴答。「可以買一輛紅色小車」滴答滴答。「我就可以帶妳去看海了」滴答滴答。

包包裡的鬧鐘，我用絲巾捲啊捲的包起來，應該聽不見計時聲。但從鬧鐘響起、做出自我主張後，時間就開始滴答滴答地支配了世界。

我被催促著，在日正當中的廣場，和男友分手了。

小小的機械應該支配悠久的時間嗎？而且還發出滴答滴答的小氣聲音。

現在我已沒有鐘錶。

到頭來人要吃

我們每天吃高粱粥。洗高粱時，水會變紅。就算洗到水不會變紅，高粱還是有一股高粱腥味。

或是煮黃色的小米當飯吃。洗小米時，外殼會輕飄飄地浮起來，倒掉浮起的外殼後，沉在水底的小米剩不到一半。有時也吃麥麩丸子。那時我不知道麥麩是什麼，一直到很後來都以為是，將紙拉門的紙磨成粉做的東西[1]。

有一天，我豁出去大吃特吃。那好像是什麼特別的日子，爸媽買了一大堆牡丹餅[2]回來。在那個通常都以像白色止痛錠的「糖精」取代砂糖的時期，這個牡丹餅用的是真正的砂糖，而且不是用小米做的，是用真正的糯米，真是難以置信的奇蹟。

已經吃到吞不下了，牡丹餅還有剩。

我脹著肚子去上廁所。

從廁所出來，洗手時，我感到非常滿足。我不認為以後還吃得到牡丹餅。用毛巾擦手時，我心想：「好幸福哦。現在洗手的這個時刻好幸福。我要永遠記得這份幸福。」

當我一隻腳踩進鋪著木板的房間，我看著這隻腳，然後再慢慢地看著洗過的手。

我第一次鮮明地自覺到「幸福」，是我七歲，吃牡丹餅吃到飽的時候。

1 麥麩和紙拉門的日文發音同為HUSUMA。
2 將糯米蒸熟搗碎捏成丸子，外裹紅豆泥的甜點。

*

在百貨公司的食品賣場，看見朋友的太太買了兩條刺鯧魚，我覺得自己看到不該看的情景。

在餐廳，將義大利麵送進口中的瞬間，和穿著純白洋裝走進餐廳的朋友四目相交，我覺得丟臉得要命。

住在阿姨家時，我問阿姨：

「午餐要吃什麼？」

阿姨說：

「妳也真是的，老是在想吃的。」

我頓時丟臉到渾身打顫。

上了女子高中的第一次午休，我還不知道同學們的名字，只見穿著全新藍色水手服的背影並排坐著。

每個人的桌上都擺著便當，教室裡鴉雀無聲，沒有人伸手去碰便當。

教室沒有半點清嗓聲，連空氣都文風不動。

整個教室彷彿在說，吃便當是很丟臉很丟臉、很低俗很低俗的事。

就這樣錯失了可以極其自然吃便當的時機。

漫長的時經過去了。

「我要開動了！」

我扯開嗓子說。那需要驚人的勇氣。

教室的緊繃空氣霎時崩垮了。低低的竊笑聲四起，分明是在譴責我的低俗，但也是拯救了我，給了我勇氣，卻也是永遠看不起我的笑聲。

我怒火中燒。居然認為吃便當是很丟臉的事，實在太荒謬了。有人先吃，自己才跟著吃，這種心態也很卑鄙。

儘管如此，我還是心知肚明，大家是因為一群不認識的人聚在一起，緊張地錯失了自然吃飯的時機，才覺得吃東西很丟臉。

＊

我朋友的男朋友結婚了，新娘不是她。她半夜跑來找我，裹著毛巾毯一直哭。我很氣她男朋友，但也罵她為什麼拖拖拉拉搞到這種地步。可是這種事真的無可奈何。我既幫不上忙，便扯掉她的毛巾毯，她又搶回去。兩人就這樣搶著毛巾毯時，我也哭了。後來她邊哭邊說：

「我肚子餓了，有沒有什麼吃的？」

隔天早上，我給她打氣：「那種蠢蛋不是男人。世界上有一半是男人。上街去散散心吧。」在巴士裡，她又淚眼婆娑地哭了起來，還擤著鼻涕說：「我想再見他一面。」但過了一會兒又改變主意：「還是算了。」她蹲在路中央，以駭人的低粗嗓音又哭了起來，路人都在看她。後來她一邊站起來一邊說：

「我肚子餓了，想吃燒肉。」

到了燒肉店，她拿起掛在脖子上的紙圍裙摀著臉，又抽抽搭搭哭了起來。

隔著紫色的燻煙，我目睹她一個人幾乎吃掉了兩人份的肉，後來又追加了兩人份。最後連我吃剩的飯也磕光了，追加的肉轉眼間也掃平了。

走出燒肉店，她立刻說：

「我想吃蛋糕。」

這不是填飽空腹的吃法，而是像被一種毛骨悚然的外來力量所控制，用鏟子一心一意要把什麼鏟進去，但不是鏟進胃裡，而是鏟進了某個不知名的地方。

壯烈瘋狂的食欲，是她悲傷的深度。

＊

在漢堡機場等班機時，我和坐在長椅旁的人聊天。

那個人談起德國的食物。雖然也問我這個堪稱初老的日本人從事什麼工作，但大都是談各國的食物。

最後聊到魚的事，我提到小時候吃的秋刀魚飯。

「怎麼做？」那個人問。

「把整隻秋刀魚放進釜鍋裡，再把大蒜的葉子切碎放進去，淋上醬油，開始煮飯。煮好之後，把魚頭拿起來，就能順勢把魚骨清乾淨。再把魚內臟一起攪拌後就能吃了。」我回答。

「嗯～聽起來很好吃耶。我喜歡味噌煮鯖魚，跟蘿蔔一起煮。把小尾的鯖魚切成幾段，跟蘿蔔一起用味噌煮。要用小火慢燉。我喜歡吃有點甜的。」

我聽了好想吃味噌煮鯖魚，連煮成褐色通透的蘿蔔都浮現眼前，嘴裡滿是口水。

那個人的飛機先來，她說著：

「啊，這個秋刀魚飯，聽起來真好吃。」

說完話，她便走了。我不知道她的名字，也沒問她要去哪裡。

我坐在長椅上，想著回到日本後要做味噌煮鯖魚。

過了好幾年，我也常常會想吃味噌煮鯖魚。每當想吃這道菜，就會想起那個人說：「啊，這個秋刀魚飯，聽起來真好吃。」那時在機場，我和一位陌生人有了短暫的交流，我們談著味噌煮鯖魚與秋刀魚飯。雖然我連她的長相都想不起來了，但這份短暫的交流，常常讓我感到溫馨。

*

在遣返船上，我們吃到第一頓飯是，鯖魚和蘿蔔煮的雜燴粥。雜燴粥放在巨大的桶子裡，用很大的杓子，將雜燴粥舀到每一家人帶來的鍋子裡。

我們很感激，這個雜燴粥是白米煮的。這個粥有黏稠感，還帶有甘甜味。因為我們之前都吃粒粒水水的高粱粥和玉米丸子，所以白米的黏稠感，讓我們由衷地滿足，也給了我們回到日本之後的希望。我把鋁製的碗舔得乾乾淨淨，幾乎不用洗，滿心期待著下一餐。

除了吃飯，我什麼事都不期待。

貨物船的船底堆了一疊行李，人們靠坐在行李與行李之間的小縫，就這樣睡覺。白天也以同樣姿勢坐著，誰也動彈不得。

我的旁邊，是個年邁的老婆婆，身體縮成小小一團蹲著。她已經老到

幾乎無法走路，要去甲板上廁所時，必須綁在兒子的背上扛過去。她蹲著嘀嘀咕咕地在說話，每次都說同樣的事。

「我想吃壽司啦，我想吃壽司啦。」

「回日本就能吃了。」她媳婦說。

「我想吃壽司啦。」

「就快到了。」

即使如此，老婆婆還是很有毅力地繼續絮叨：「我想吃壽司啦。」都已經有這麼好吃的鯖魚和蘿蔔的雜燴粥了，我覺得老婆婆實在太不知足，也太任性了。

某天早上醒來，我發現旁邊放了一個用灰色毛毯包捲起來的東西。毛毯的兩端用繩子綁緊。原來昨晚在我睡覺的時候，老婆婆死了。用毛毯包捲起來的老婆婆，在我旁邊放了兩天。海面風浪很大，船遲遲無法抵達日本。於是兒子扛起老婆婆，爬上甲板。

兒子宛如扛著一個巨大的海苔捲爬上梯子，然後把海苔捲扔進大海。

現在想吃壽司就能吃得到。每每吃著壽司，想起從冰滑的甲板被扔進黑暗大海的老婆婆，心中就有種罪惡感。

遙遠的男朋友們

我第一個想嫁的人，是光伸。那時除了我哥哥，我不認識其他男生。光伸是父親朋友的兒子，和我哥哥同齡，上同一所幼稚園。光伸是獨生子，皮膚白皙，長得帥氣俊美。那時我一直認為獨生子都是養子，所以自以為高尚地同情光伸。

上了小學後，我媽和光伸的媽媽好像不時都在互別苗頭。

光伸怕衣服髒掉，所以不玩士兵遊戲。我看到光伸穿著沒有一絲髒污的衣服，便很想嫁給他。不過我知道，光伸根本不想娶我。那時我心想，要是我長得更漂亮一點就好了。

二次大戰結束，我們被遣返日本，之後我就沒再見過光伸了。遣返回來隔年，哥哥死的時候，住在桑名[1]的光伸，寫了一封文情並茂的致哀信給爸媽。

這是最後的聯絡。

之後聽說光伸去念東京大學。我知道這件事時，對於哥哥死掉的事，稍微鬆了口氣。哥哥如果還活著，也會去念東大吧。

接著父親過世，但光伸沒有捎來任何訊息。

後來我遠赴柏林，寄住在朋友家。我和這位朋友認識不久。晚上躺在床上聊私事，我們談起了彼此的初戀。她提到高中時的男朋友。

1 地名，位於日本三重縣北部。

「人家都說我們倆是白熊和黑熊。我是黑熊喔。我和他總是第一名或第二名。不過，我很討厭他母親。後來他去念東大了。」

我覺得這個人好像是光伸。

「妳是哪裡人？」

「桑名。」

「那個人是，光伸。」

我從來沒那麼震驚過。我和光伸，從最後一次見面以來，已經過了二十五年。

像白熊一樣的光伸，是我不認識的人。我認識的光伸是，去他家住時，睡在同一床棉被裡，他會踢我，我也會回踢的那個小男生。

二十五年來，我沒有光伸的消息，幾乎成了陌生人。

她和光伸分手後也一直沒有聯絡。

「哈哈，我們兩個一起去見他，他一定會嚇到吧。」

但其實我們兩人都不想去見他。

之後又過了幾年，我在報紙上看到光伸的名字。新聞是這麼介紹他的，說他捨棄了菁英路線，為了繼承東北的傳統藝術表演，全家搬到那裡的某個劇團。

僅僅五、六行的報導，我凝神看了很久。距離我最後看到光伸，已經三十年了。

有一打鉛筆，卻連一枝也不肯給我的光伸，如今卻活在有共同財產的共同體裡。這是一個人活了三十年的重量，也是歲月的重量。

五、六行的新聞報導，像是「聽說」。

柏林朋友說的事，也等同「聽說」。

我覺得再過幾年，可能又會「聽說」光伸的事。

＊

母親叫我去拔住家後面的草。那時熱得要命，我又很想玩，就乾脆拿著鏟子去田裡翻土，把草全部翻到土裡去。一根一根地拔，要拔四、五個小時，我三十分鐘就把田裡的草變不見了。母親來巡田時，把我拉進田裡，用鏟子翻起一塊土，綠草又出現了。

母親把我推倒在客廳，用腳踢我。我在地上一邊打滾，一邊心想，我的母親可能是後母。這個後母，也許會把我變成可憐的受虐兒。母親岔開雙腳，站得直挺挺的，雙手叉腰，一臉很爽地說：

「想騙我？別傻了妳！」

她這個表情，跟我很像。

哥哥去釣魚，到了天色微暗都還沒回來，母親踉蹌地走在富士川邊，以尖銳沙啞的聲音呼喊哥哥的名字。在暮色中，看到哥哥扛著魚竿從遠處走來的身影，母親「呼」的嘆了一口氣，停下腳步。我原本擔心哥哥要是在河裡溺死了怎麼辦，這時也放心了。看到母親那麼擔心哥哥的安危，又覺得母親可能不是後母。但是，我是不會去河邊釣魚的。

有一天，母親興高采烈地對父親說：

「我跟你說喔，我去那個歐巴桑那裡拿山羊奶，那個歐巴桑跟我說，妳還這麼年輕，居然嫁到有那麼大的孩子的家當續弦，真可憐啊。她以為我才二十五歲。我跟她說那是我親生的孩子喔，她嚇了一大跳。」

對於母親看起來很年輕這件事，父親也開心地笑了。其實母親看起來真的很年輕，那段時期，我真的認為她是美女。被誤認為後母的母親居然那麼高興，看來她應該不是後母。

然而我家附近，有個真正的後母。他們家有五個小孩，不曉得是從哪裡搬來的。聽說頭三個男孩，是父親帶來的。那個阿姨是個很安靜的人，看起來好像有點寂寞。雖然我沒看過她打罵小孩，但畢竟是後母，說不定在我沒看到的地方，她就做著後母會做的事。

我去他們家玩的時候，明明家裡有四個男生，卻不會吵吵鬧鬧。每個孩子個子都很小，我記得前三個較大男生的頭，都是三角形，兩個較小的孩子頭是圓的。

正明已經是中學生，但因個子小，看起來年紀沒有比我大。我常和正明一起玩。有一次，輪到正明燒洗澡水，他邊燒洗澡水，邊看一本舊到四個角都捲縮的書。我在他旁邊，遞著放進灶口的杉樹枝給他。正明小聲地偷偷跟我說，這本書寫的故事是，在外國有個湖，那裡有活著的骸骨，會勾引路人過來，把路人拉到湖裡去，被拉進去的人也會變成骸骨，然後再去拉別人。我聽了大吃一驚：「騙人！」不過當我說「騙人」的時候，其實是深感佩服，覺得「真的嗎？」。

這時，正明忽然迅速地將書藏在屁股下，然後將雙手乖乖地擺在大腿上，宛如從剛才就一直是這個姿勢。因為他母親來田裡摘茄子了。我不禁心想，因為那是後母，所以正明要把書藏起來，要是被看到的話，正明可能會被揍吧。

某個夏天傍晚，正明來我家玩。我不知道那時我為什麼沒穿內褲。我拿了一串桃粉色玻璃珠的項鍊給正明看，那是非常強烈的桃粉色，卻散發出珍珠般的光芒，也是我唯一擁有的珠寶。

正明看了說，這是假的，還說他母親有真的珍珠，可以讓我看一下。我想去看，便連忙揹起妹妹。因為我想馬上看到珍珠，所以沒穿內褲就跟著正明走了。走著走著，把滑下來的妹妹往上一抬，只穿著一件連身襯裙的我，屁股整個露了出來。

「我沒穿內褲來。」

「沒關係啦，不用打扮也無所謂。」

我覺得正明很體貼。他邊走邊說，他母親有很多珠寶。這不像是在炫耀珠寶，反倒像是在炫耀他的母親。

「洋子說想看珍珠。」

正明說得好像在討他母親的歡心。他母親從櫃子裡抽出一個小盒子，拿了一枚珍珠戒指給我看。

「這是真的喔。」

正明開心地說。真正的珍珠泛著朦朧的光芒，但我戴在脖子上的冒牌貨發出晶亮的光芒，所以我覺得我的漂亮多了。可是我很在意我沒穿內褲的屁股，一隻手壓著裙子，整個人心神不寧。

「媽媽，妳還有別的戒指吧。」

於是他母親又拿出別的戒指說：

「我的珠寶也只有一點點。」

這枚戒指鑲著褐色的石頭。我不覺得褐色石頭漂亮。

「不過和別人比，媽媽算是比較多的吧。」

正明說得很賣力。

「都賣掉了啦。」

「好的珠寶都賣掉了啊。」

正明伸手想摸戒指，他母親卻靜靜地揮開他的手。正明迅速地看看母親的眼睛，又看看我。換成是我母親的話，可能會臭罵「不准摸！」順帶一巴掌就過來了。看著手被靜靜揮掉的正明，我心頭一驚。

看著戒指的時候，我一直渾身不自在，可能不只是沒穿內褲很緊張的緣故。

＊

我讀過四所小學。當時我認為小孩去上學是天經地義，因此接受所有的狀況，自己也造成了一些狀況。

小學五年級的第二學期，我從遣返後的父親鄉下老家，轉到靜岡的小學。

到校那天，有個聽寫小考。考完後，我們要把考卷拿去班長那裡，讓班長用紅色鉛筆畫圈。畫圈表示正確。班長岩崎一直看著我的考卷，全部畫圈後，瞪著我。我考一百分。岩崎也一百分。

吃完便當後，岩崎對我說：

「佐野，妳過來一下。」

岩崎理著大光頭，皮膚黝黑，穿著鬆鬆垮垮的黑長褲。

岩崎把我帶到學校後面的堤防，然後把我壓在一棵粗壯的松樹上，岔開雙腳，賞我一頓耳光。

事後我跟在岩崎的身後走下堤防，兩人一起在鞋櫃處脫鞋，走回教室。從走出教室到回來的這段時間，兩人始終不發一語。我眼眶盈淚，但我連眨都不眨，硬是讓淚水在眼眶裡乾掉。

我是因為被打很痛，所以才眼眶盈淚嗎？但那不是痛到受不了的程度。是不甘願的眼淚？還是屈辱的眼淚？我不知道。問我恨岩崎嗎？我也不恨。輕蔑他是個卑鄙的傢伙嗎？我又並不輕蔑。

我不認為這是逃得掉的事。因為無可避免的事，岩崎也只是做了無可避免的行為。

回到教室後，我靜靜地坐著。

小弘看到我的臉，竊竊地笑了笑。小弘坐在我旁邊，家也住得很近，所以搬來靜岡後，我們整個暑假都一起玩。他是我在班上唯一的朋友。

同班的小弘，知道岩崎打我的事，卻一臉幸災樂禍地竊笑。你問我氣他嗎？我不氣他。我覺得小弘會一臉竊笑地看著我，也是無可避免、理所當然的事。小弘的竊笑，一定也是儀式的一部分。這件事，大概只有我、岩崎和小弘知道。

我和岩崎走出教室到回來之間，小弘是唯一擔憂這件事發展的人。因為全班的男生和女生都吵吵鬧鬧，要不就是跑到外面去了，只有小弘坐在自己的位子上，等候從入口進來的我們。

我想岩崎進教室時，八成帶著「我贏了」的表情，威風凜凜地走進教室。而我想必是帶著「我輸了喔，這樣可以了吧」的表情，跟在岩崎後面走。而小弘則是完成了他竊笑的角色。

第二天，我倒不會不想去上學。

那一天，岩崎對我很好。我知道他為什麼對我好。我緊緊握住這份諒解，將它塞到我的屁股下面。這時，我或許露出了勝利的表情。

當我的立足之地穩固了，知道自己不再是轉學生了。我已經融入這所學校。

我不記得從那天算起過了多久。或許是一星期，或許是三個月，有一天午休，岩崎大聲說：

「佐野被打也不會哭喔！你們也來試試看！」

頓時男生圍了過來。

「試試看吧！」

我被硬推到教室後面的牆板處，男生團團圍著我，然後一個個上前輪流揍我。我不記得被幾個人揍。

「真的耶，不會哭耶！」

我用力甩甩頭，回到座位上。眼眶盈淚。這是什麼淚水呢？這次是不甘願。但除此之外，更覺得恥辱。在那麼多人面前被打，實在很丟臉。我有做錯什麼事嗎？即便沒有做錯事，在人前被打也會覺得很丟臉。

被帶到學校後面的堤防，壓在松樹上打時，我不覺得丟臉。

但這次我也沒哭。

同學絡繹不絕地來看沒哭的我，真是丟臉至極。「不會哭的我」成了笑柄。我用力咬緊牙關，甩甩頭，看著正前方。雖然這樣不合理，但我連這時也沒有憎恨岩崎，或認為他卑鄙。甚至那些想「試試看」而打我的男生，我也沒有瞧不起他們。

他們一定是這麼想的，認為打了也不會哭的女生，打她有什麼不對。不會哭，所以不可憐。自己便不是在霸凌弱者。

然而即使到現在，我也不認為自己可憐，更不認為自己遭到霸凌。打了不會哭的女生，打了也沒關係。

我覺得我似乎明白，為什麼岩崎要叫大家來打我——因為我被他壓在松樹上打的時候，應該要哭的。

岩崎不曉得如何收拾被打了卻不哭的我，而且他打人的事實無法消除，因此他想找共犯，讓自己打人這件重擔可以變得輕一點。我如果哭了，等於用哭來譴責岩崎。做了壞事遭到譴責，他會覺得踏實一點。

但我從不認為岩崎是討厭的傢伙。以十一歲的男生而言，他只是十一歲的男生，充滿了十一歲的男子氣概，帶著十一歲男生該有的人性，該有的溫柔。

後來我覺得，因為我被打了也不會哭，他很羨慕這樣的我。

學校好玩嗎？

很好玩。

＊

我第一次看到土屋，整個呆住了。那時我剛升中學，土屋是個快活的美少年，功課很好，運動也很強。在這所學生從很多小學聚集而來的中學裡，我覺得他特別出類拔萃，非常迷人。如此迷人的男生，我好想稍微靠近他，跟他說說話。但那或許是因為，我以剛升中學的幼稚心情，幼稚的好色，遠遠看著他的緣故。

上國文課時，老師叫我們寫一篇作文「我的朋友」。和土屋同一所小學畢業的美少女，寫了一篇名為「土屋同學」的作文，站起來朗讀。說土屋多麼會念書，是個多麼厲害的投手，最後還讀了一句：「我最重要的朋友是土屋同學。」——當我回過神來，教室一片混亂。男生「嗶嗶嗶」地吹口哨，女生則面面相覷地說：「好敢哦！」我很羨慕美少女。

土屋面紅耳地赤低著頭，美少女反倒哭了起來。下課時，老師把他們兩人叫去教職員室。我緊張死了。他們兩人會被老師罵嗎？說不定老師會鼓勵他們。我好討厭那些吹口哨奚落人家的男生。土屋回來的時候，教室一片鴉雀無聲。但土屋回來以後變得很奇怪。他抓起書包，砰地大聲關門，走人了。

以前，土屋常和美少女一起回家，現在都不跟任何女生講話。之後他突然長高了，肩膀寬厚得猶如裝了堅固的木材，從劉海的髮絲裡，露出睥睨一切的瞪視眼神。

總是把布鞋的後面踩扁，當拖鞋般拖著走；以前斜背在肩膀的書包，改成夾在腋下；不爽地吃著超大便當。簡直成了不爽的化身。儘管如此，他的成績還是好到令人敬畏。嫌舉手麻煩，直接以手肘抵著桌面舉；被叫到的時候，總是能一派輕鬆地回答，而且一定正確；經常帶著田山花袋[2]的書，泡在圖書館裡，就這樣過了兩年。然而不跟任何人說話的土屋，有個唯一在他身邊的人，那是個臉色蒼白、眼角下垂、書呆子般的文學少年。

他們很明顯是功課上的競爭對手，但兩人似乎有著更親密的友情。土屋面對他時，甚至會稍微露出笑容。每當土屋笑了，我就感到安心，卻也有一種遭到背叛的落寞。

升上中學三年級時，我迷上了那個臉色蒼白、連單槓都不會翻的文學少年。

說是迷上，也只是我單方面迷上他。有時光是在教室門口忽然碰到，就簡直是心臟要跳出來的大事件。我去圖書館一本本地翻找，尋找寫著那個臉色蒼白眼角下垂男生名字的借書卡。然後只借這本書，這是我重大的秘密。

我常常瞄啊瞄地偷看那個臉色蒼白、眼角下垂的男生。被土屋發現時，他總是兇狠地瞪過來。那眼神真是可怕到嚇死人。不過他並不是特別瞪我一個人。這已經是他的正常眼神了。他連看黑板都是兇狠地瞪著。這種兇狠的瞪視裡，有著我們不知道的苦惱吧。那苦惱一定是高尚且深遠，不是我們能觸及的。

我偷看那個蒼白羸弱得像麻糬般的男生時，要是被土屋一瞪，我就被擊垮了。我覺得他的眼神拒絕且否定了一切。那個眼神像是在說，我看到妳就覺得齷齪，醜八怪，輕浮冒失鬼，根本不該存在。我立刻厭惡起自己的存在，不得不清楚地感受到，自己是個寒酸、難看、粗野的人。

我慌忙在心裡大吼：「才、才、才不是呢！我再怎麼自不量力，也不會喜歡上你，我沒那麼厚臉皮。希望你明白這一點。我喜歡的是那個、那個、

2田山花袋，一八七二—一九三〇，日本自然主義作家，著有《棉被》《鄉下老師》等作品。

那個蒼白的羸弱麻糬。」但即使是羸弱麻糬，也是和我身分不同的秀才，我的感情不可能開花結果。

我常在想，那個美少女現在一定也愛著土屋，而土屋也愛著那個美少女吧。

當然最後我既沒和土屋說上話，也沒和羸弱麻糬說過話就畢業了。

長大成人之後，我就沒那麼怕男人了。我敢跟渾身刺青的黑道大哥說話，也敢跟大學的學者教授開玩笑。但偶爾搭電車時，看到穿學生服的中學生，我到現在還會怕得發抖。說不定土屋就夾雜在那裡面。我很怕土屋在那裡面兇狠地瞪著我，以難以理解的不爽態度，從我面前走過——而土屋確實就在那裡面。

在我的心裡，土屋是具體呈現出完美男子形象的人。

所謂難以理解的不爽態度，大概是我對男人抱持的憧憬與恐懼，所以才會把心思轉到蒼白羸弱的痲糬上。土屋只是個象徵，並非實體。

羸弱痲糬在我的畢業紀念冊上，寫了一句文學少年風格的話：「縱使大海乾枯成了山陸，也願妳永遠不變。西行」。

*

雖然我一直很窮，但大學時期特別窮。大學入學的那年元旦，我父親死了，我是四兄妹的長女。光是能上大學就已夠奢侈了，即便家裡寄來的錢比別人少很多，但想到這是以前沒工作過的母親，一邊照顧弟妹一邊賺來的錢，我就為自己來東京念大學深感愧疚，哪還敢抱怨錢少。而且母親再怎麼辛苦，也沒叫我放棄大學去工作。可能是母親這個寡婦太拚了，或是把父親生前常掛在嘴邊的「妳長得醜，很難嫁出去，先學個一技之長」

當作父親的遺志吧。

我冬天穿鞋沒穿襪子，去朋友家玩，朋友的母親送我一雙男襪當年終禮物時，我不知如何是好。我不穿襪子有節省的意味，但也是為了展示我纖細的腳踝。我對自己的容貌沒自信，唯一自豪的是纖細的腳踝。我一年到頭都穿A字形的牛仔裙，一則是我沒有別的裙子可穿，再則也是覺得冬天穿牛仔裙很酷。

雖然窮到這種地步，我卻活力充沛到令人驚訝。我的周遭雖然沒有特立獨行的怪人，但有很多推心置腹、值得尊敬和不值得尊敬的男性友人。也有看我沒什麼緋聞，說這種話鼓勵我的男性友人——

「次郎長[3]，再等一下吧。雖然現在完全不行，可是到了二十七歲，妳會變成美女喔。到時候別再穿廉價的衣服，而是適合穿剪裁得宜的洋裝喔。忍耐到二十七歲吧。」

可是為什麼是二十七歲，連他自己也搞不懂。

但我不用等到二十七歲，就喜歡上死黨裡的一個男生。

我在女生裡是身高最高的，他在男生裡是最矮的。他無論何時都能把作業畫得很完美；而我就算開始畫，不管畫四張或五張都失敗，結果常常趕不上交圖時間，就算趕上了也畫出框框，或是顏料剝落，成了班上最醜的圖。從這種笨拙醜陋可以看出是我的圖，而從他完美技巧可以看出是他的圖。

如果我是班上最活潑的女生，他則是班上最文靜的男生。

他是江戶子[4]，「HI」會發音成「SHI」，當他把「OHIRU」（午餐）念成「OSHIRU」（湯）時，我會使出靜岡腔嗆他：「泥縮錯了吧。」

3 「清水次郎長」是江戶時代的大俠客，也是靜岡縣最具代表性的傳奇人物。可能因為佐野洋子是靜岡人，朋友才戲稱她次郎長。

4 概指三代落戶東京下町者。

雖然我很活潑，但要我對他表明愛意，或是做些示愛的動作，我死也辦不到。我就這樣不乾不脆地和他曖昧了兩年，從未坦白表明心思。有一次他拿著全開畫板在走路時，一陣風吹來，我故意嗆他：

「小G，你就跟畫板一起吹走吧。」

「次郎長，妳幫我拿啦。」

他開玩笑地這麼回我，我很生氣。若說我們有什麼共同點，那也只有兩人都很窮吧。我是單親，他父母雙亡，全靠自己打工上學。

升上大四快畢業的學長，把自己打的工讓給最窮的我和小G。那是一間位於淺草橋的打火機店，每週要去二樓的榻榻米房間上三天班。比起經濟上的穩定，我更在意一週能有三天和小G獨處，無論是什麼工作，不管做不做得來都無所謂，整個人陶醉其中。

打火機店的二樓房間，有兩張並排的桌子，我們的工作是繪製要放在打火機上的底稿，在底稿上寫一毫米左右的小字。但別說一毫米了，連十公分見方的字我都寫不來。小G說：

「沒關係，我來寫，反正他們不會知道。」

然後像鬼斧神工似的寫著小字。我心想至少自己得負責削個鉛筆吧，於是拚命地削鉛筆，可是小G拿到鉛筆卻又重削，害我深受打擊，小G就叫我什麼都不用做。不用打工的日子，小G一早就來跟我說他看的電影《大鏢客》，花了兩天告訴我劇情。因為我聽得很用心，所以雖然沒看過，至今依然記得第一幕小狗走在塵煙裡的情景。

兩人獨處時沒什麼變化，我也不敢做什麼暗示舉動。有一天，小G感冒請假，要寫小字的工作來了，我只能慌張地說：

「可以等到明天嗎？」

然後走去外面打電話給小G。

「我明天會弄好，妳把稿子拿過來。」小G說。

我第一次來小G的租屋處，既緊張又興奮。但我完全不記得那時小G是不是躺在床上，只記得小小的茶櫃上，茶杯倒扣在托盤上，上面蓋了一條漂白過的雪白抹布。

我看到規規矩矩的倒蓋茶杯與蓋在上面的雪白抹布時，受到很大的打擊。啊，我和小G是不可能了。不是因為身高不適合，也不是因為個性不同，而是那些眼睛看不見的更大差異，那些絕對不會有的交集。我知道，即便我到了二十七歲，穿上剪裁合宜的洋裝也沒有用。

我沒有待很久就告辭了。回家路上我在想，說不定小G早就知道我對他的感情。因為我喜歡小G，倘若小G希望的話，我說不定已經當上規規矩矩的小G的下町風[5]老婆。不管是雪白的抹布，還是內褲，我都能洗得

5東京的下町，指江戶時代留下的充滿人情味的風氣。

很好。但是我想，小G可能早就察覺到我們之間的差異——某些他無法接受的差異。

縱使我明白，我和小G絕不會發展到朋友以上的關係，但我還是無法停止喜歡他，反而更心酸地喜歡小G。我重新檢視在打火機店的二樓，只是敷衍了事地工作卻領薪水這件事。我確實需要錢，卻也對小G做我的分內工作視若無睹。但是，自從那塊抹布——那塊雪白的抹布拒絕我的那天起，我覺得和小G兩人獨處很難受，於是辭掉了這份工作。

後來在學校遇見小G時，他提到接在我後面去打工的學生，打趣地說：

「次郎長走了以後，我閒到發慌喔。」

我不認為這是挖苦，我感受到這是小G的體貼，自覺很難過。

這種時候還笑

大三那年，我曾去打火機店打工。早上去的話，打火機店二樓的榻榻米房間中，他們家的兒子還在蚊帳裡睡覺。

這間榻榻米房間靠窗的走廊，擺了兩張桌子，主要工作是做刊登在業界雜誌的小廣告原稿，或是刻在打火機上的小字底稿，但無論哪一種我都做不來。

我猜小G完全包辦了我的工作，是因為我是單親，而且很窮。

但他是孤兒。

沒活可做的空檔，我們經常隨便躺下，聊一些可有可無的事打發時間。

有一次，他談到三月十日的東京大空襲，失去家人的那一段。這不是可有可無的事。

一整晚被火追著跑，一家人東奔西竄。回過神時，當時六歲的他和小姊姊牽著手，站在荒川的河堤上。逃出來的人，每個都黑著一張臉，沾滿了黑煙，一大群人聚集在河堤上。人的臉被燻得像煤炭一樣時，唯有嘴唇會變成鮮豔的桃紅色。

河堤上的人，幾乎每個都被煙燻得分不出衣服和身體。這時有個男人，忽然解開用包袱巾包的包裹，拿出一件雪白的襯衫，然後脫下身上焦黑的襯衫一扔，穿上這件雪白襯衫。在一片黑壓壓的群眾裡，只有這件襯衫是白的。

「我覺得很好笑，我從沒看過這麼好笑的事。現在想想，那還是最好笑的事。」

雖然我沒親眼看到，但也被傳染了這份好笑，不禁放聲笑了起來。一邊笑著，一邊眼眶泛淚。

＊

母親是東京人，但離開東京二十年，所以她講話夾雜著各地的口音，而且講話速度很快。

阿姨一直住在東京，無論去哪裡都以清晰的發音說東京話。

阿姨曾說：

「我跟我姊吵架的時候，常常很想笑。她一激動起來，沒辦法清楚地說『阿娜達』，而是說『阿～達，阿～達』喔。」[1]

1「阿娜達」是「ANATA」，日文的「你」，也有「老公」之意，此處採音譯。

當阿姨字正腔圓地對我說「妳這個人哦」，每次都害我緊張得心跳加速。

父親臨終時，親近的人和親戚們帶著嚴肅的表情，圍坐在父親床邊。兩天都是同樣的情況。

已經好幾個月幾乎沒吃什麼東西的父親，瘦得前胸貼後背，從腹部幾乎可以透明地看到脊椎骨。以前我認為海盜的骷髏頭標誌只是漫畫，看著父親的臉，我覺得骷髏頭相當真實。

父親呼吸時，發出笛子般的聲音，稍微挺起上半身，頭就掉到枕頭外。這時母親或我或妹妹，會把父親的頭放回枕頭上。

眼睛清澈，不會眨眼，但已經什麼都看不見了。

阿姨一直握著我的手。我從她的手，感受到同情心很強、誠實阿姨的溫柔。

父親大大地挺了一下上半身，然後就死了。

母親趴在父親身上，以近乎慘叫的聲音喚著：

「阿～達！阿～達！」

這時，阿姨握著我的那隻手在顫動。因為她聽到母親的「阿～達」很想笑，為了忍笑，手才會顫動。

＊

人剛死後的家，有種宛如整棟房子抽噎後的心酸寂寞。而整個家族都變得過於溫柔。

前來悼念的人慢慢少了，原本人聲嘈雜的家轉為一片寂靜後，我們面對喪父的恐懼，或者說為了逃離這份恐懼，變得有點僵硬，肚子明明很餓，卻覺得食不下嚥。

吃完晚飯後，我們坐在暖爐桌邊，彼此都不知道該看哪裡。

玄關門喀噠喀噠地開了，渡邊老師走了進來。連我們小孩都知道，渡邊老師是父親無以取代的特別朋友。

渡邊老師長得很像植了很多倒豎頭髮的鬼瓦[2]，身材高大魁梧，聳著肩膀。

傳說學生時代，渡邊老師曾在半夜偷爬到女子大學的宿舍二樓，後來住在這棟女生宿舍的美女，成了他的太太。酒過三巡，他以門窗關不緊的房子搖晃般的聲音，高唱「娶妻當娶才色兼備、深情善良的女子」。我覺得這是專為渡邊老師寫的歌。

渡邊老師那魁梧的身軀，以踉蹌的腳步，走到供著父親骨灰罈與照片

2 安裝在日本傳統建築的屋脊頭，上面有獸面圖案的瓦，用以驅邪、祈求建築物安穩，並有裝飾作用。

和花束的祭壇前一坐，忽然大吼：

「佐野利一！你怎麼死了啊！」

然後「哇」地哭了起來。粗大的拳頭在臉上抹來抹去，粗壯的手臂來回回移動，我們在暖爐桌這裡都看得到。那個手臂動來動去的樣子真的很好笑。我和弟弟互看一眼，弟弟掩嘴忍笑。妹妹也低下頭，只有眼睛東張西望地轉著。

我明白，父親死後家裡有點僵硬的氣氛，在這時回復到某種自然的日常了。

儘管如此，我的眼眶也泛起淚水。這淚水不是為了喪父的我們。

*

外公六十八歲過世。

外公生前說過，他去釣魚的時候，被誤認為吉田茂[3]，不管怎麼否認，對方也不相信。但外公說這話時，顯得不怎麼討厭被誤認。

到了夏天，外公都戴著一頂康康帽[4]。這頂帽子有外公的味道，與父親的味道不同，我認為那是禿頭的味道。

我亂玩這頂帽子時，外公會制止我，說會把帽子弄壞。還說他的頭太大，很難找到合適的帽子。

母親和阿姨在火葬場撿拾外公的骨灰。很像吉田茂的頭燒得扁平，原本很大的腳也變成粉粉的白骨碎片。阿姨比較骨灰罈和白骨碎片說：

「姊姊，這要全部放進去嗎？」

阿姨和母親打算從腳開始，照順序放進去，把頭放在骨灰罈的最上面。

---

3 吉田茂，一八七八～一九六七，日本政治家，二戰後曾任內閣總理大臣。長相矮胖禿頭，方頭大臉。

4 Boater，也稱平頂帽，以麥稭編的平頂草帽，大正時期傳入日本，無論搭配和服或洋服都廣受紳士喜愛。

雖然實際上根本分不清是哪個部位的骨頭，但心情上就是想這麼做。一想到放不進去的骨頭要扔掉，便盡量多放一點。

「姊姊，這要全部放進去嗎？」

阿姨問了好幾次。

當阿姨說：

「這是頭啦。」

這時骨灰罈已經裝滿了。阿姨將大骨頭放在骨灰罈上面，「耶！」的一聲用力壓。壓著壓著笑了起來。

「妳很討厭耶。妳看，還有這個，這也要放進去喔。」

母親也笑了。

母親和阿姨就這樣一邊笑著，一邊把有著大頭蓋骨的外公塞進白色的骨灰罈裡。

貓咪，請原諒我

我認識的第一隻貓，名叫「小玉」，是鄰居家的貓。鄰居阿姨沒有小孩，穿著和服，彈著三線琴。

彈著三線琴的阿姨旁邊，躺著一隻貓。我蹲在土牆圍繞的北京家的院子，看著阿姨發出奇怪的聲音。聽說三線琴的四方形白色音箱是用貓皮做的，所以我覺得躺在阿姨旁邊的貓陰森森的。

某個傍晚，阿姨把死掉的小玉放在圍裙裡，嚎啕大哭地走進我家的門。阿姨就這樣站著哭了好久。

我家養的狗死掉的時候，我家沒有人哭。我認為阿姨一直哭，是因為她沒有小孩。

後來鄰居阿姨領養了一個可愛女孩。女孩有著光滑亮澤的頭髮，笑的時候嘟著櫻桃小口。她成了我第一個朋友，我們每天玩在一起。

但我片刻也無法忘記那個女孩是養女。

因為是養女，到了過年，她會穿上長袖和服，趿著漆木屐，拿著沉甸甸的羽子板，變得很漂亮。因為是養女，可以只吃玉子燒，討厭的菠菜和紅蘿蔔不吃也沒關係。因為是養女，哄她入睡後，會給她閉上眼睛的娃娃。因為是養女，必須配合阿姨的三線琴，發出奇怪的聲音唱歌。

那個女孩在阿姨旁邊，噙著淚水，發出奇怪的聲音。我靜靜地蹲著看這一幕，想起以前躺在彈三線琴阿姨旁邊的小玉，覺得阿姨是以這個女孩代替小玉在疼愛她。

後來我們搬家了，我和那個女孩自然也就此分開了。於是那個女孩，變成遙遠城鎮裡的遙遠女孩。

有一天，母親跟我說，那個女孩死了。

「真可憐。那個阿姨那麼疼她說。俗話說可愛的小孩死得早，是真的啊。」

我不懂，以前每天玩在一起的女孩死了是什麼意思。我無法思考死掉女孩的事。

我只能想起在夕陽中抱著死掉的貓放聲大哭的阿姨。

＊

從中國遣返後，我們暫住父親鄉下的老家，那裡有一隻野貓。

那隻貓天生瞎了一隻眼，尾巴黏在背上的一個地方。尾巴的根部和黏著的地方之間，有個可以放進一根手指的空隙。

有一天，哥哥在看《小孩的科學》這本雜誌。裡面有小幅的插畫，畫一隻貓從樹上掉下來，到站在地面為止的身體動作。

「貓不管從哪裡掉下來，都站得好好的耶。」

哥哥說完，看看捲著身子睡在緣廊的貓，又看看我。我和哥哥的眼睛，一定是同樣的顏色。

那是秋空湛藍，靜謐的午後。家裡只有我和哥哥在。

哥哥抓起緣廊的貓，即使家裡沒人，還是看了看屋裡才說：

「把牠扔到屋頂上吧。」

貼著杉樹皮的屋頂，突出在晶亮的藍天下。哥哥以雙手將貓拋上屋頂。貓豎起爪子抓著杉樹皮，滾啊滾的掉下來。結果掉到地上時，是四腳著地。

「真的耶。」

哥哥又抓起貓，扔上屋頂。貓幾乎是以蹲坐的姿勢貼著牆壁爬下來，但也到了地面。

「真的耶。」

哥哥又抓起貓。

「好了啦。」

我看著獨眼貓，害怕了起來。

「不要緊啦。」

哥哥回頭跟我說完，又把貓扔到屋頂上。

貓以單手的爪子抓著杉樹皮垂吊著，然後就這樣掉下來了。貓摔到地上，橫倒於地，然後不動了。

我和哥哥面面相覷，不發一語。很長的一段時間，就這樣呆立著看著彼此。

後來哥哥輕輕地拿起貓，放在玄關的台階上。然而貓還是沒動。我和哥哥只是默默地看著彼此的眼睛。哥哥的喉嚨發出吞口水的聲音，我也吞了一口口水。

我們默默地往後退，明明想趕快離開這隻貓，卻並排蹲在看得見貓的玄關外院子裡。

我們一直看著貓。貓依然不動。伯母回來了，正在廚房忙著。

過了一會兒，伯母穿過有地爐且連接玄關的房間，走向後面的房間。

我嚇得心臟都快跳出來了。

這時，剛開始學走路的妹妹，不曉得從哪裡搖搖晃晃地走出來，然後走進玄關，一屁股坐在貓上面。忽然聽到一聲奇怪的「喵嗚」，害妹妹嚇得站起來。貓也軟綿綿地站起來，左搖右晃地開始走路。這時伯母從後面的房間出來，看見了貓。

「咦？這隻貓，怎麼了嗎？」

我和哥哥立刻說：

「不知道！」

因為過於異口同聲，我反倒忐忑了起來。

貓依然搖搖晃晃地往廚房走去。我和哥哥面面相覷，「呼～」的吐了一口好長的氣。

從那之後，我和哥哥從未談過此事。

過了不久，我們搬到搭電車第二站的一個小村落。

有一次，我和哥哥去伯母家玩。伯母在緣廊剝曬乾的柿子皮。貓睡在她旁邊的座墊上。

「這隻貓的身體果然很差啊。最近整天都在睡覺呢。」

我和哥哥只是靜靜地看著彼此。

默不吭聲。

＊

念中學的時候，我和第一個坐在一起的田中成為好朋友。田中長得很漂亮，穿著上好毛料的水手服，繫著紅色蝴蝶結領帶，用４Ｈ的鉛筆，寫得一手方方正正的字。聽說她父親是公司的社長。

去到她家一看，房子很大，連接房子的寬廣車庫停了好幾輛卡車，堆著很多鋼筋木材，玄關掛的看板寫著「田中土木工程公司」。

穿工作服的年輕男子稱呼她「小姐」。

她的房間有一架黑色鋼琴。我常常去她家念書，模仿她寫字。

當她母親端來茶和點心時，她總會神經質地皺起眉頭。送完茶點出去後，不知道田中媽媽會待在這個寬廣的家的哪裡。

我老是去田中家念書，總覺得過意不去，有一天我邀她來我家。

我家住的是由兵舍改造、八間連在一起的長屋。玄關門應該鑲玻璃的地方，貼著油紙傘的黃色油紙。

在家中一眼就能看完的八張榻榻米房間裡，我和田中面對面坐在房間的一角，寫著方方正正的字。我邊寫邊想，要是有點心該有多好，也擔心被我趕出去的弟妹要是一窩蜂回來，在這個房間跑來跑去大吵大鬧怎麼辦。

就在此時，貓走了進來，忽然在房間正中央「噁噁噁」地叫了起來，然後就開始吐了。吐出極其噁心，一團像大便的深綠色東西。我實在丟臉到無地自容。

我拿衛生紙包起那團東西，扔出窗外。那團東西黏著貓毛，透過衛生紙傳來微溫溼軟的溫度。

我連忙拿抹布擦拭榻榻米，田中一臉作嘔地靜靜看著我。

當我回到桌邊坐下，她對我說：

「佐野，妳好能幹哦。」

這時，我感到更加丟臉。因為我領悟了一個道理，什麼都要自己做正是貧窮的證明。

有一次我一個人在家時，大腹便便的貓像抓狂似的，追著自己的尾巴轉來轉去，然後發出毛骨悚然的聲音，開始生小貓。母貓像是無止境地一隻一隻生下小貓，然後咬開裝著小貓的袋子，再一個個把染血的袋子吃掉。我只是靜靜地看著這幕貓生小孩的恐怖景象，不知道該怎麼辦。

我將破布塞進壁櫥裡，把激動的貓騙進去，然後開始擦拭貓弄髒的榻榻米。邊擦邊想，幸好沒讓田中看到這一幕。

*

我一直很討厭貓，所以沒想過要養貓。

直到兒子四歲，我才帶他去有養貓的朋友家玩。兒子在玄關脫鞋時就看到貓，隨即衝去把貓抱起來，將自己的臉偎在貓臉上。比起貓，我覺得抱貓的兒子好可愛。也對兒子擁有我不知道的愛，感到些許嫉妒。

因為兒子想要貓，於是我決心養貓。可是從下決心開始，我就沒有自信，一想到貓真的要來這個家，我就忐忑不安、毛骨悚然。

剛好一位朋友有剛出生的小貓，我就請他帶來了。那是一隻有漂亮斑紋的白貓，眼睛很大很可愛。小貓被迫離開母親和兄弟，整晚以細細的聲音叫個不停。

於是我也自暴自棄了，想說養一隻和養兩隻都一樣，把另一隻剩下的兄弟貓也抱來養吧。我實在無法忍受，那宛如剛出生嬰孩的小貓叫聲。

第二天，朋友把剩下的一隻兄弟貓放在籃子裡帶來了。從籃子裡出來的貓和我家的貓，有如子彈般飛快地聚在一起，發瘋似的互舔身體。我明明沒對這隻貓產生感情，卻也看得潸然淚下。因為流淚的關係，或許昨晚我覺得貓叫聲陰森森的，會被原諒吧。

第一隻貓長得一臉天真可愛，個性也不錯。第二隻貓眼睛小小的，花紋顯得斑駁雜亂，以「大家都很疼愛我」的眼神定定地看著我，忽然又轉開視線。為了不讓第二隻貓覺得我比較疼愛第一隻，於是我以溫柔的聲音對第二隻貓說話，但牠卻以「我看得出來喔」的眼神盯著我。

兒子只要是貓都好，真的是毫無分別心地疼愛牠們，逗弄牠們。但我會區別家貓與外面的貓，而有所偏袒。

後來我已經不覺得貓陰森森的。即便第二隻貓精明算計，我也認為是一種野生本能，對牠起了尊敬之意。

兩年後，我養了狗。第二隻貓卻忽然不見了。我和兒子苦思牠不見了的原因，尤其那又是個雨夜，更令人掛心。

後來我們對這隻貓死心了。說不定牠死了。說不定牠討厭我們。說不定牠嫉妒那隻狗。

只要想到那隻貓可能看穿了我的心思，我就對自己的感情和脾氣失去自信。

貓失蹤了以後，過了八個月。

那是個快要轉冷的秋季中旬。那隻貓，悄悄地走了進來。脖子上依然戴著紅色項圈，變得更為尖銳野生，但沒有憔悴模樣。雖然沒有髒兮兮的，但每一根毛都沾了很多灰塵。

貓對著我喵喵叫。因為貓都是兒子的貓，所以兒子眼眶泛紅。

貓只朝著我蹭過來。牠是原諒我了嗎？就算沒有原諒我，牠是想對我說不要憂傷嗎？就這樣，牠在我身邊待了一晚，在兒子的床睡了三晚，不曉得又到哪裡去了。

第二年，又是快入冬的寒冷天氣，這隻貓又回來了，變得更野生。牠又定定地看著我，忽然間又轉開視線。但這次牠只回來一晚，然後就沒再回來了。

又到了快要入冬的夜晚，我和兒子又在等貓。

我和兒子，也養離家出走的貓。

＊

第一次養了兩隻貓後，我終於習慣和貓一起生活了。

這兩隻貓是在朋友家出生的兄妹，長得很漂亮。但這次我不管任何人，想說來養一隻「醜貓」吧。這無疑是想抗議世間總對美女特別好。

公司有人家裡生了小貓，希望找人領養，就把貓帶來公司。我從沒看過這種貓，說顏色沒顏色，說花紋沒花紋。所有顏色交雜在一起，簡直像吸塵器裡的一團垃圾。大抵看起來是灰色，但又隨處夾雜著淺褐色，所以看起來就更髒了。

坦白說，我非常不高興。不過這次我想養「醜貓」，所以也不能對自己說不。我大大吸了一口氣，下定決心養了。

帶回家後，家裡的兩隻貓，從遠遠的地方盯著這隻貓。

小貓的眼睛在哪裡？不仔細看還真看不到。儘管如此，小貓還是理所當然般，天真無邪地跑來跑去，氣勢很強。餵牠吃飼料，牠吃得狼吞虎嚥，邊吃還邊「呼呼」地持續低吼。家裡原有的兩隻貓，隔著一段距離看牠。

小貓似乎知道，必須這樣靠自己在這個世間戰鬥，才能活下去。

不過牠吃飼料的方式，實在讓我很憂鬱。想到自己或許就像這隻貓一樣活過來，不由得沮喪了起來。

我打電話給獨自住在出租公寓的妹妹，問她要不要養貓。

「這隻貓實在太醜了，我不想養。」

我這麼一說，妹妹氣勢十足地回答：

「姊姊妳也太過分了，我來養。」

然後說「我問房東看看」。過了一會兒，心情頗好地打電話來：「房東說好，我現在就去拿貓。」

妹妹來了，專注地看著那隻貓，然後端出正經八百的恐怖表情，默默地看著我。

「是妳說要養的喔。」

我自己也曾下定決心要養，但即便感到心虛，還是強硬地說。我覺得自己很卑鄙。妹妹越來越沉默，把那隻貓放進紅色籃子裡帶走了。

隔天，妹妹又帶著紅色籃子來我家。她說房東要看貓，就把小貓給房東看。房東看了不發一語，慢條斯理地緩緩搖頭。

「其實房東很喜歡貓喔。」妹妹開心地笑說。

於是我和妹妹到處打電話，看有沒有人要領養這隻貓。這隻貓來公司以前，說不定已經碰過好幾次這種事了。後來妹妹的朋友，幫我們把貓送到一對不是直接認識的年輕夫妻那裡。

我很擔心貓會不會又被送回來，但那隻貓似乎成為他們家的貓了。我放心之餘，覺得自己是個很討厭的人，很可恥。

之後仔細用心觀察，和那隻貓同樣毛色的貓，其實滿多的。也聽說那叫作「灶貓」[1]。現在看到這種貓，我就想下跪磕頭。下次如果有這種貓自然地迷路跑來我家，就順其自然地養吧。

當初一時衝動大發豪語，說什麼我要養「醜貓」，實在是很丟臉。一回神，醜貓在旁邊。而且一回神，還是隻氣勢頗強的醜貓。

我也只能這樣想了。

1冬天怕冷為了驅寒偎在爐灶邊，弄得滿身灰的貓。

黑心

剛住在柏林的時候，我看得到的有點燈的窗，都像《賣火柴的小女孩》裡的窗。就連完全看不到人影的窗，只要有點燈，都覺得裡面有著和燈火一樣的明亮生活。

從我租屋處的廚房往外看，看得見隔壁家的窗。那是一棟大房子面向庭院的窗，掛著白色乾淨的蕾絲窗簾，窗邊永遠坐著一位老婆婆。這位老婆婆一直坐在窗邊動也不動。我只看過老婆婆左邊的側臉。

早上我起床，老婆婆已坐在那裡。我常像青蛙般蹲在窗邊的葉片式暖器上，一直盯著她看，想知道她什麼時候會動，什麼時候吃飯。但最後總是蹲到腳痠看膩了。可是每天早上，我還是會蹲在葉片式暖器上，心想今天一定能看到。然後每天又看到膩為止。簡直像一幅裱了框的畫。

某天晚上，外頭在下雪。我從窗戶看出去，那棟大房子，只有那扇窗有點燈。從紅色燈罩發出來的光，看起來像四方形。雪夜裡掛著蕾絲窗簾的小窗，像繪本一樣可愛。那位老婆婆坐在那裡，姿勢和早上一樣。

猶如巨大黑色團塊的家，只有一扇美麗紅光的窗戶亮著。這時的老婆婆，看起來比早上更顯孤獨。

柏林真的是個有很多老婆婆的城市。西洋人基本上貫徹個人化，即使從小就習慣一個人生存，但看到動也不動、坐在像繪本小窗邊的老婆婆會覺得揪心，可能也只是東洋人的感傷作祟吧。

走到街上，會看到一大堆老婆婆。公園的長椅坐滿了老婆婆，每次我都被夾在老婆婆之間，宛如陪她們在玩曬太陽遊戲，也曾被不認識的老婆婆，以滿是皺紋的手緊抓著我的手。她一直對我傻笑，不肯放開我的手。

到了超市，也有拄著手杖、拖著腳、非常緩慢地移動肥胖身軀，籃子裡只放了兩塊小麵包的老婆婆。

過了一陣子我搬家了，租屋處的屋主是個七十歲的老婆婆。她生病的女兒和外孫女就住在隔壁房間，但我從未看過她們一起吃飯。

外孫女常常邀我去喝茶，請我吃蛋糕，這時老婆婆若走進房間，她也不會請老婆婆過來喝茶。於是老婆婆有時一臉兇巴巴地靠在暖爐邊，或是在那裡站了一會兒就走了，大致都是這樣。

到了晚上，老婆婆在以德國人而言非常髒亂的房間裡，坐在磨損到泛著黑光的軟墊椅子上，獨自用餐。大型的落地燈點亮著。

那架大型的落地燈，罩著紅色的絲緞燈罩，還綴著流蘇，但不知流蘇原本是什麼色。對我而言，那看起來像脫衣舞孃穿的內褲。

吃完飯，老婆婆會待在同一個地方，每天都用撲克牌占卜。那時還很年輕且殘酷的我，不禁心想，都七十歲的人了還需要占卜嗎？

在大型落地燈照射的紅光裡，老婆婆看起來也紅紅的。

後來我看不到《賣火柴的小女孩》那種點燈的窗了。那扇點燈的窗裡，可能一直坐著一個孤零零的老婆婆吧。把《賣火柴的小女孩》帶去天堂的老婆婆說不定也動也不動地坐著。或許還有漫長的寒夜。

我離開柏林那天，老婆婆穿著硬邦邦如雨衣般的家居服，在玄關抱著我哭。我在這裡住了半年左右，只是一個房客。老婆婆如彈珠般的清透眼眸，不斷地淌下淚水。

我常常想起這位租屋處的老婆婆。每當想起她，我看到的是透著紅光的四角形窗戶。那個四角形窗戶裡，有一盞罩著脫衣舞孃內褲般的落地燈，老婆婆在紅色燈光下，獨自在占卜。

這也像是一幅畫一樣，動也不動。

*

李先生，穿著氣派的正式大禮服，圍著絲巾，戴著帽子。他拋棄祖國，在歐洲住過很多地方，年過五十的他，總是充滿希望，夢想著有一天會成功。李先生談起在日本留學、花錢如流水的年輕歲月，以及眾多貌美如花的昔日戀人時，宛如一個容易受傷的青年。

李先生是個帶著年輕的心逐漸老去的人。屋主德國大嬸每天在樓梯罵他：

「你為什麼不付房租！」

但他頭也不回，只聳聳大禮服的肩。我和他住在同一層樓，共用一間廚房，偶爾也同桌吃飯。嘴裡吃著寒酸的食物，還滔滔不絕地談著可能會成功的事業，以及過往的美麗溫柔的戀人們。

他可能太執著於事業成功，太過善良，夢想太大。對於戀人，太過溫柔；對於認識現實的自己，虛榮心又太強。

李先生的同鄉新聞記者說：

「我討厭不成功的商人。」

夢想成為成功商人的李先生，每天早上出門買報紙。為了走去兩百公尺遠的書報攤，李先生會胸前繫上絲質圍巾，穿上綢緞領子的大禮服，戴上黑帽子。

外出洽談可能會成功的生意時，李先生穿戴同樣的帽子、同樣的圍巾、同樣的大禮服。

心情好的時候，李先生曾跟我說《花花公子》的特別報導，一個英國列車強盜犯的手記。犯人逃獄時，故意將紅玫瑰扔在自己單人房的鐵格子門下。這說不定是騙人的。但即使是騙人的，因為留下紅玫瑰此舉太浪漫了，我相信。

「怎麼樣？這可是藝術喔。」

李先生像歐洲人一樣拍拍《花花公子》，搖搖頭又聳聳肩。連吃早餐的時候，李先生都穿深藍色的三件式西裝。

同鄉的人和李先生聊天時，會談到強烈的愛國心與鄉愁，但李先生就像年輕人夢想著未來，絕口不提故鄉的事。我聽別人說，李先生在他的國家是最大書店的老闆。他把財產全部變賣，帶著巨款來歐洲。

李先生可能已下定決心不回故鄉了。

又或者是，對已習慣歐洲生活、變得很歐洲化的李先生來說，國情艱難的故鄉已經是很遙遠的事。說不定故鄉早就沒有親人了。

面對和李先生同一國的人，我都會被迫強烈地意識到自己是日本人，但李先生不會給我這種感覺。然而這樣反而讓我強烈地感受到李先生的孤獨。

當我順便為他泡一杯紅茶，李先生感動地說：

「妳好善良哦，真的很善良。」

我感受到他這份由衷的感動，想起以前他在瑞士的山莊和美國女友過著奢華的生活，不禁困惑了起來。

歐洲的春天，一晚就來了。只是一個晚上，整個城市開滿了黃色的番紅花，枝頭冒出綠芽。

在突然明亮起來的街上，我看見了奇怪的人。那個人戴著黑帽子，穿著大禮服，背對我站著。大禮服的內裡像細細的海帶絲般垂下來。我知道這是李先生。

我們一起搭巴士回租屋處。在巴士裡，李先生歡天喜地地談著可能會成功的新事業。

到了廚房，李先生依然垂著海帶絲，繼續暢談他的新事業。我拿來剪刀，請李先生站好，剪掉他大禮服垂下的海帶絲。海帶絲是上等的絹絲。這時我心想，說不定我這個舉動侮辱了李先生。但李先生卻依然歡天喜地地說：

「謝謝妳。妳好善良哦，真的很善良。」

回到日本一年後，我接到李先生的電話。他說他要去美國的途中，順便彎到日本待一下。

「我在帝國飯店喔。」

我覺得好懷念，很想去見見他。李先生終於成功了吧。

但我沒能去見他。

只能回想起，明明是炎夏，卻戴著黑帽子、穿著大禮服的李先生。

*

男孩子們帶著蒸地瓜來釣魚。

用黑黑髒髒的手捏著蒸地瓜，原本黃色的地瓜，變成有點黑黑的小丸子。然後把它穿在小針上，投入水中。黝黑的臉上滿是汙垢與汗水，嘴巴抿成一條線，定睛注視著一個點。這時的他們，散發出一種難以接近的威嚴。

然而滿心期待地拿起釣竿一看，地瓜大都融化了。結果一個男生對蹲在旁邊的我說：

「混蛋！走開啦！」

於是我聽話地把屁股挪過去一點，就這樣一直蹲著，沒看到魚吃地瓜之前不肯起來。總覺得要有個結果。

因為我討厭吃地瓜，所以覺得魚喜歡吃地瓜很詭異。說不定，其實魚也討厭吃地瓜。就像我們心不甘情不願地吃地瓜，魚吃地瓜的時候，說不定也是心不甘情不願。

不過我認為，沒必要把人覺得好吃的東西給魚吃。因為牠們是魚。

坐在巴士裡，巴士駛過一座大橋。橋下有一條很大的河川。我住在這個城鎮好幾個月了，第一次看到這條河川。

那是春末夏初的季節，河堤上一片翠綠，所以我才會注意到流水吧。同樣的巴士我搭過好幾次，都沒注意到這條河川。冬天的時候，一切看起來都灰灰的，河水和河堤混雜在一起，不是河水也不是河堤。

我決定下車，沿著河堤走。這裡是郊外，所以附近沒有住家，也沒有碰到任何人。河堤綠草如茵，開著小黃花，還有低矮的樹叢。

走著走著，徒然出現一望無際，像乞丐小屋般臨時搭建的簡陋小屋。只有兩張榻榻米大的小屋旁或前面，用繩子或木板圍起五、六坪的土地。每一間小屋都是。小屋前的空地，一個宛如鮪魚般的中年女子，穿著花俏的泳衣，戴著墨鏡，躺在躺椅上。

我嚇了一大跳。

再往前走幾步，又有宛如鮪魚的女人躺在躺椅上。她也近乎赤裸。我不是突然看到有人而嚇到。而是在日本，這種年紀的女人絕對不會露出肌膚，但她們居然不覺羞恥，大膽地露出長滿斑點的身體，讓我驚愕不已。比起她們為什麼會躺在那種地方，我更感到不可思議的是，她們竟然不以為恥。

啊，這就是學校同學凱倫說的鄉下小屋嗎？平常住在石造建築，幾乎沒有陽光照進來的家，為了享受日光浴所建造的鄉下小屋。這就是凱倫說得眉飛色舞的鄉下小屋。

到處散布著淡桃色與淡褐色斑點的巨大肉塊。在堂堂正正不以為恥的精神面前，我畏縮了。

其中一個鮪魚人還笑容滿面，問我要不要吃三明治。

我走下河堤，來到河邊的小路。河川水量豐沛且清澄，流過這座大城市的中央。一個肥胖的老人在路邊釣魚。因為路很小，老人幾乎是擋著路在釣魚，我跑去蹲在他旁邊，看著釣線接觸水面的地方。

這裡釣得到什麼魚呢？

老人拿起釣竿。什麼都沒釣到。

老人向我使個眼色說：

「去，去，去。」

這和以前那些黝黑男生說的一樣。

「混蛋！走開啦！」

老人打開旁邊的鋁箔紙，用肥胖粗短的手指捏著，不曉得在捏什麼。原來鋁箔紙包著蒸熟剝皮的馬鈴薯。在德國，連魚都吃馬鈴薯。這條河的魚是德國人。

連河裡的魚都吃馬鈴薯的德國。不管喜不喜歡，德國的魚就是會吃馬鈴薯。

比起和鮪魚般巨大德國女人之間的隔閡，吃小馬鈴薯的德國小魚，更讓我感到強烈孤獨。

＊

小時候，我常說要學鋼琴。

父親一聽，甚至帶著惡意般的冷笑說：

「我們家的血統是音痴，學了也沒用。」

我不懂父親為何如此充滿確信。

那時候我加入小學的合唱團，有一天去廣播電台唱歌，全家都圍在收音機前聽：

「一直聽到青蛙在唱歌喔！」

我不認為自己是音痴。進入中學後，我高音發不出來，唱得比大家低八度。但大家在唱低音時，對我又太低，於是我改唱成高八度。有個人說：

「是誰發出奇怪的聲音？要認真唱啦！」

可是我並沒有在惡搞。我想那是聲帶處於不穩定的時期，任誰也無可奈何。

大學的修學旅行時，我在旅館的澡堂邊洗邊唱歌。

「烏～鴉為何哭泣呢，烏鴉在山裡……」

「別唱了！唱得這樣荒腔走板！」

我第一次遭到那麼強烈的排斥。為什麼連在澡堂開心地哼歌也不行？

後來我就不唱歌了。

卡拉揚[1]來過日本。

當時的黑白電視上，出現了這位美男子。卡拉揚的手，美到令我驚訝。

他那美麗的手，連一瞬間都沒停止，即使停止時也美麗地動著。

我急忙關掉電視的聲音。沒了聲音的黑白電視，成了令人屏息的戲劇。

卡拉揚的手，呈現出各種感情與表情。激烈的狂喜，緩緩甦醒的生命，

1 Herbert von Karajan，1908-1989，卡拉揚出生於奧地利，從小就是個鋼琴神童，是二十世紀最重要的指揮家之一，有「指揮界的國王」之稱。

遠方的希望，恐怖與憤怒，溫柔的愛與痛苦的嫉妒。就如活著的時候，我們無法再度品嘗同樣的感情，卡拉揚的手也沒有重複同樣的動作。

卡拉揚起床，刷牙，喝咖啡，穿上襯衫，穿上內褲。吃了牛排，喝了酒。打了女人，也認錯道歉重新和好。我們起床到睡覺的一切舉動，他都做了，而且做得非常美麗。穿著非常美麗的內褲，非常優雅地吃早餐。這才是人生。

我之所以相信卡拉揚是天才，並非因為他創作出多麼動人的音樂。而是即使將卡拉揚創作的音樂全部消音，也更加凸顯出其戲劇性。

但是關掉聲音「看著」卡拉揚，還是很丟臉的事。

之後過了幾年，我在柏林的時候，有人帶我去聽卡拉揚的新年音樂會。那個門票很難到手，帶我來的人告訴我，坐在我旁邊的是法國知名音樂評論家。

「想聽卡拉揚的人，從歐洲各地搭飛機來，所以柏林雖然是個鳥不生蛋的城市，但唯獨音樂世界第一。」

給我門票的人自豪地說，也說明了福特萬格勒[2]與卡拉揚的不同。卡拉揚終於現身，我又被他的美迷倒了。在耀眼輝煌的音樂廳裡，我不止感動於他的手，而是陶醉在他整個人的一舉一動。

我的耳朵，完全聽不到卡拉揚的音樂。他時而像一頭非洲黑豹，時而又像楊柳隨風擺動。而卡拉揚是人類的男性。優雅這個詞是為男人存在，他是表現出優雅的男人。

我萬分感激送我這張難以入手的票的人。

我在卡拉揚表現出的非音樂部分，感受到活著是多麼美麗的事，明天後天也想活下去。

---

2 Wilhelm Furtwängler，1886-1954，德國指揮家，帶領柏林愛樂走過最輝煌的戰前，挺過二戰的烽火，被譽為二十世紀最後、最偉大的浪漫主義者，也是最偉大的指揮大師之一。

音樂會結束後，整個音樂廳充滿了激動與熱氣，這是陶醉於音樂的人們共有的連帶感。在這種氛圍中，我也激動了起來。

帶著心情大好的激動，我們去酒館喝紅酒。在三分醉意後，我的思考力稍微溶解了現有的虛榮。

「我跟你說，我很喜歡在沒有音樂的情況下看卡拉揚的姿態。有一次，我看電視的時候……」

我無法忘記，我說完後看到的表情。我很害怕就此要失去這個重要朋友了。

他垂憐般地看著我。我猜上帝在垂憐心靈貧瘠之人的時候，大概就是這種表情。從此，他不再邀我去音樂會。

那個人，以後都叫我「看的人」。

我時而會思索，當時父親充滿確信，甚至帶著惡意口氣說的「沒用」。

＊

我的父親稱外國人「洋鬼子」。麥克阿瑟是洋鬼子，貝多芬也是洋鬼子。

「日本是什麼時候被發現的？」

當我如此問父親，父親憤慨地說：

「日本不用被發現也確實存在！妳這像洋鬼子會說的話喔。」

那時父親在學校教西洋史。

我租屋處的老婆婆七十歲，星期天上午洗了澡。我因為有事來到客廳，看見她全裸，坐在分不清褐色或紅色的磨損天鵝絨沙發上，往身上拍著白粉。我嚇了一跳想關門時，她招手叫我進來，然後又更熱切地拍著白粉，泰然自若地跟我說話。

比起和全裸的人說話，讓我更驚訝的是，都已經七十歲了，還熱切地拍著白粉的西洋老婆婆。老婆婆的膚色成了淡桃色，顯得非常嬌豔。

早餐，我們兩人只各吃了一個蛋，紅茶，還有少許香腸。

我們用很破的英文交談，當英文行不通時，老婆婆便查閱我的德日辭典，指給我看，我則翻開日德辭典，推到老婆婆的眼前。然後兩人就「對！對！對！」地用力點頭，繼續交談。

吃完早餐後，老婆婆一整天都在看租書店借來的偵探小說，我則有時去上學，有時沒去。

隔壁住著外孫女和她母親，我是孫女安潔莉卡的朋友。安潔莉卡在大學念日本文學，以我聽都沒聽過的正確日文跟我說話。

「日本的敬語真是太美好了。」

她自己講話時也盛大地放入敬語。

「妳說的日文，為什麼這麼差呢？」

說完還悲傷地搖搖頭，讓我顏面盡失。

安潔莉卡還曾以遠方搖鈴般的美麗聲音，悄悄地對我說：

「我外婆非常不愛乾淨。廚房有噁心的蟲子。根本不打掃。」

而且還命令我：

「我外婆是壞人，小氣得要命，貪得無厭。妳不可以跟她當好朋友喔。」

甚至還說：

「我外婆很愛說謊。她向遠方的朋友說謊，要人家寄錢給她。」

我不知道安潔莉卡的母親和老婆婆之間，長年來有什麼恩怨情仇，但我認為安潔莉卡會如此熱中地跟我說，一定有她充分的理由，因此我想安潔莉卡可能所言不虛。吃早餐時，我真的看過老婆婆拆開一封信，錢趴啦趴啦地滾出來。不過，老婆婆從未說過安潔莉卡的壞話。

有一天，老婆婆一邊將煤炭扔進我房間的暖爐，一邊唱歌般地說：

「Schwarz．Herz。Schwarz．Herz。」

我問：

「這是什麼意思？」

她將手放在自己的胸口說「Schwarz．Herz」，然後又把手抵在我的胸口說「Schwarz．Herz」，還對我眨眼睛。

我明白了Schwarz是「黑」，Herz是「心」。霎時心頭一驚，倉皇失措。

老婆婆又對我唱：

「Schwarz．Herz。Schwarz．Herz。」

邊唱邊往廚房走去。我隨即拿起辭典，追了上去。老婆婆果然指向「黑」，又指向「心」。

我問她，黑心是壞心的意思嗎？她搖搖頭說，唯有黑心的人才明白黑心的人，我和妳都是黑心。

我繼續問：

「安潔莉卡是黑心嗎？」

老婆婆攤開雙手，聳聳肩，什麼也沒說。

我明白了，其實很久以前就明白了，我和老婆婆是同一種人。比起和安潔莉卡交談，我和老婆婆聊天比較舒服，雖然安潔莉卡會說老婆婆的壞話，但她絕非黑心吧。倒是我被說黑心也能接受，看來我確實很黑心。

那時，我想起過世的父親。

「日本不用被發現也確實存在。」

當時憤慨地這麼說的父親是教西洋史的，他也是黑心的人。我看著清透如彈珠的眼眸周圍的金色睫毛，暗忖：「這個人也是洋鬼子嗎？」

然後和洋鬼子老婆婆相互凝視，明白了也有黑心的我，確實繼承了父親的黑心。

＊

這是十五年前的事。我沒有任何目的也沒有任何抱負，更沒有錢，隻身來到了柏林。抵達機場的瞬間，覺得自己來到了一個很離譜的地方，立刻想掉頭回日本。

後來我在這裡住了半年，感覺像是和很不對盤的男人同居了半年。我本想等待學校放暑假，就去義大利。但我只是個旁聽生，上課也是愛去不去的，所以應該更早就能告別這個城市，為何人總是不能掌握合理的時機呢？

再過一星期就要離開柏林時，以前我還能邊吃邊罵忍著吃下去的德國食物，這時已經完全嚥不了了。這一星期裡，我一天只吃一餐，吃的是中

華料理店稱為「湯麵」的拉麵。終於吃完最後一碗湯麵後，我心情大好，還大方地給了很多小費。

翌日清晨，我等不及去搭火車，甚至等不及朋友來幫我搬行李，自己便先把行李搬到馬路上。在嘈雜的車站裡，或許再也見不到這位朋友了，我卻無法隱藏離開這個城市的喜悅。

「我第一次碰到，跟我分開竟然這麼開心的人。」

對不起，可是我真的很高興。

火車抵達米蘭時，車站月台裡的火車汽笛回音與人聲所形成的音浪，明明和每個月台都一樣，聽在我耳裡卻如歡喜的回聲。

我覺得，米蘭沒有拒絕我。不知道理由何在。

我去朋友住的飯店。朋友剛好不在，但同住的陌生女子帶我去郊區的餐廳。我已經一天半沒吃東西了，所以說：

「什麼都好。」

結果桌上出現了義大利麵，橄欖油大蒜炒雞肝，還有撒了西洋芹的料理。我驚愕不已，世上竟有如此美味的東西。我吃著大蒜味的雞肝，差點流下幸福的眼淚。

「真好吃！太好吃了！」

我看起來或許很反常。

「妳在德國都吃什麼東西？」

「德國沒有食物，我吃的是飼料。妳每天都吃這麼好吃的東西嗎？」

「還有很多更好吃的餐廳喔。今天有點趕，所以我只能挑附近的。」

此刻是我生涯中最幸福的時刻。這個有大蒜味的雞肝、明亮的太陽、充滿朝氣蓬勃義大利文的城市，將我沉睡在心中的熱情，一口氣噴發出來。

接著我立刻向這位剛認識的女性友人借了泳衣，舔著霜淇淋，走去游泳池，覺得在裡面游泳的小孩真的很可愛。可愛到很想走過去在他們肩膀咬一口。此時的我感到很幸福，覺得自己全身在發光，情不自禁地喜歡上自己，也很想咬自己一口。

柏林並非是個一無是處的城市，米蘭也不是個特別美麗的城市。我覺得就像人與人之間一樣，人和城市之間也有對不對盤的問題。我住在米蘭的時候，希望永遠住在這裡。

米蘭只給我留下快樂的回憶。但那個和我不對盤的柏林，卻教了我比快樂更重要的深沉意義。

若能再去這其中一個城市，我想我會膽戰心驚地去那個曾經拒絕我、令我討厭的柏林。

虛構的故事

為什麼想畫小孩的繪本呢？

大概是為了我的缺憾吧。我想讓所有的事情，回到自己的孩提時代。

我並非以客觀的大人，去觀察、了解小孩，說給小孩聽。

我不厭其煩地，對我心中孩提時代的我訴說。

我把牛飲般喝下去的東西吐出來，再把吐出來的東西喝下去，如此反覆著。

我得在那個小孩身上看見年幼的我，才能對小孩有所理解。

我除了相信，別無他法。

我小時候是個平凡的孩子，所以我相信無論哪個孩子，一定有和我一樣的平凡。

然而相信與幻想，或許是幾乎相同的事。

關於畫畫

我哥哥的心臟在右邊。

那時我四歲，哥哥六歲。

心臟在右邊，表示哥哥是特別的人。

哥哥也罹患心臟瓣膜疾病，所以他嘴唇的顏色和外面的小孩不同。

指甲的顏色，也和其他小孩不同。

然而哥哥，是我的驕傲。

哥哥很喜歡畫畫。

哥哥坐在小矮桌邊，真的全心投入地在畫畫。

我黏在小矮桌邊，帶著尊敬與驕傲，看到整個人入迷。

漸入佳境後，哥哥會稍微張開嘴巴，用舌頭舔舔鼻尖。

哥哥畫了士兵。

好多好多、各式各樣的士兵。

哥哥從士兵的腳畫起，然後畫綁腿，畫皮帶，畫扛槍的手，再畫側臉，最後畫帽子。

由下往上畫的士兵的頭，剛好控制在離紙的最上方一公分左右之處。

我覺得由下往上畫出來的畫，真的好美好美。

有一幅從海底往上畫的船——哥哥讓我坐上這艘船，旁邊也有變成士兵的哥哥。

我和當士兵的哥哥坐在船上，漂浮在沒看過的海面上。

哥哥用十二色的王樣水彩，畫了很多圖，我在旁邊覺得好幸福。

那時我沒想過要自己畫畫。

因為我全心投入後，沒辦法模仿哥哥嘴巴半開，用舌頭舔鼻尖。

我相信只有專注投入還能改變神情的人，才能畫得出那種畫。

後來哥哥在十二歲的六月死了。

父親的朋友不知道哥哥死了，帶著繪畫顏料和調色盤當伴手禮，來拜訪遣返後住在深山裡的我們。

將閃閃發亮的顏料供在全新的白木小牌位旁，父親這位塊頭很大的朋友，雙肩顫抖，揉著眼睛。對十二歲的小孩而言，這些顏料很奢侈。

這位叔叔說，哥哥的畫很特別。非常尊敬哥哥的我，聽了好驕傲。不習慣哥哥死掉的我，看到供在全新牌位旁閃閃發亮的顏料，不得不面對哥哥已死的衝擊。

在佛壇上發亮了一陣子的顏料，後來給了我。

我倉皇失措，不知如何是好。

那時的我並不喜歡畫畫，更重要的是，我覺得這樣好像背叛了哥哥。

但是，在飢餓混亂時代的深山學校裡，擁有哥哥繪畫顏料的我受到了注目，因為我有閃閃發亮的繪畫顏料，參加寫生比賽還得了獎。

我穿上最漂亮的洋裝，搭火車去領獎。回程我有生以來第一次吃了豬排飯，內心激動不已，感到很幸福，可是想到得獎的畫，我就覺得愧對哥哥。看到自己的畫，也沒有看著哥哥的畫那種驕傲，根本不覺得幸福。

和哥哥的畫相比，我的畫只是普通的畫，而我只是普通的人。

哥哥還是小孩就死了，給了我固定的幻想。

若哥哥繼續活下去，說不定只會長成普通的人。但在我心中，哥哥永遠都是特別的人。

畫畫這種事本來就只允許哥哥這種人做——我很難消除這種幻想。那是必須非常投入，時而喘息，時而寂靜無聲，還會嘴巴半開，舌頭像蛇一樣往上竄，好像被喚起了什麼，非得表現出來不可。

還有，如果可以的話，我希望我的心臟在右邊，畫畫的時候能由下往上畫。

但我是個心臟在左邊，很會爬樹，偷了鄰居小孩的彩色印花紙，只能接受報復的普通小孩。

只能以普通人繼續畫下去。

由於六歲或十歲的哥哥一直在我心裡，尤其在畫畫的時候，我強烈自覺到自己只是個普通人。

思春期的時候，我在念畫畫的學校，有幾個同學很明顯地相信自己很有天分。

我大概從未有過這種錯覺與自信，只是以普通人的身分繼續畫。而幾乎每個人都知道，我只是普通人。然後學會了接受即使是普通人，每個人都無可取代的自己。

然而普通人會越來越覺得，永無止境地接近普通的自己，是很有趣的事。

關於生活

我的童年碰到了二戰結束，所以從小就很能幹。

在大連迎接二戰結束後，母親把父親的皮衣和自己的和服拿去廣場販賣，回程時買了高粱回來。

我會幫妹妹換尿布；煮一大鍋高粱；把花生裝在櫃子的抽屜，拿去家門前出售。

或是把紙箱吊在脖子上，對路過的俄國人兜售香菸。

父親扛著用破布做的草鞋上街，我在他旁邊一起叫賣。當我發現我一個小女孩比較好賣時，我便叫父親去散步。

我懂得假裝堅強，也懂得父親帶著軟弱微笑遠離的悲傷。

還有遣返的日子快到時，我織了自己和弟弟們的手套。

我像加夜班的老太婆跟毛線屑格鬥著。

儘管是悲慘時代，我的童年卻留給我無可取代的光輝。

我覺得那是身為小孩的我，面對生活的反應所展現出的光輝。

編織手套，和附近小孩玩捉迷藏沒什麼兩樣。

賣花生，和用含羞草做數字占卜沒什麼區別。

捉迷藏很好玩，很難受，也會不甘願；賣花生也同樣很好玩，很難受，也會不甘願。

因為當時是小孩，我在懂得思考以前就先活著。

為了生存，不惜想破頭，若不好好動腦筋思考，我會失敗。

然而人擁有的喜怒哀樂的根源，我是在孩提生活中體會到的。

縱使那是不幸的時代，但我並非不幸。

我循著很多日本人走過的路，長大成人。

長大成人，就是成為平凡的生活者。

然後一次次體會平凡的喜怒哀樂。

賣草鞋只能賺到一點點錢，用這個錢來買高粱吃。已經習慣這種基本生活方式的我，無法想像不工作就能生活。

我生小孩沒工作的時候，甚至受到罪惡感的折磨。

經過了歲月的歷練，我知道了很多事情。

這些事情也讓我學會，把很多事情分開來思考、行動。

儘管如此，生活害我又得工作又要畫畫，把我搞得一團糟，我也常常很氣它。

可以的話，我希望精神和肉體能夠分離。

這種時候，我想起所有事情都在一個高度上運轉的時間。

在夕陽燃燒的陌生城市，無論多麼寂寞，面對五歲迷路的嚎啕大哭與強烈孤獨也遜色了。

但也想到若不去生活，就無法獲得真切的歡喜與哀傷，光靠腦袋裡的想像成不了事。

我認為換尿布和畫畫，把垃圾分為可燃不可燃和寫文章，是無法區別的。而且不可以區別。

我要想像力豐富地活下去。

即便傲慢，我也希望創作出豐富的作品。

我認為想擁有豐富的想像力，只能從面對許多不合理的事，平凡地過著不太令人歆羨的生活中，一點一滴地累積。

我頑固地堅信，無論現實多麼令人厭惡，唯有直面現實才能產生想像力。

虛構的世界

念小學的時候，寫作文對我不是苦差事。

我隨便下筆就能寫個好幾張。

老師一誇獎，我就更加升級，把虛假的事情混在裡面寫。

虛假的事情，我隨便就能想出好幾個。

之後不免感到有點內疚。

縱使感到內疚，我卻越寫越大膽，有一次竟然寫我家附近的洞穴裡，有個拉小提琴的巨人。

老師看著我的眼睛問，這是真的嗎？我覺得很丟臉，回到家連飯都吃不太下。

年紀稍長後，我胡亂看了一些書，這回模仿看過的書的文體寫作文。

小學六年級的文集作文，我模仿夏目漱石的《草枕》。母親看了瞪著我，說我是個令人討厭的狂妄小孩。

母親感到羞恥一事，給我很大的打擊。

我其實是以夏目漱石的文體嘲諷老師。

到了中學，我每天寫日記。

不給任何人看。

因為我寫的是非常真實的事，所以不能給人看。

比起謊言，真實更讓我覺得丟臉。

父親死的時候我十九歲，大妹十二歲。

十九歲的我最接近大人，所以覺得十二歲的妹妹和六歲的妹妹喪父很可憐。

因為悲憫，所以對妹妹們變得多愁善感。

父親過世一週時，我在十二歲妹妹的桌上，看到一封寫了一半的信。

雖然偷看妹妹的信會受到良心譴責，但我的好奇心還是勝出了。

這封信是寫給一個沖繩的筆友。

這個筆友也是十二歲，是個男生。

開頭第一句這麼寫著：「我必須和你道別。」

她告訴對方父親過世的事，說父親是多麼溫柔且了不起的人，可是因為父親過世了，這棟大房子必須賣轉給壞人。

她還寫道，這棟大房子的庭院有一大片草坪，還養了狼犬，客廳有平台式鋼琴，還鋪著波斯地毯。

「我要搬去鄉下的破房子，所以也必須和小狗、草坪和平台式鋼琴道別。

甜點再也吃不到烤蘋果了。

所以，我也必須和你道別了。」

我整個驚呆了。

我們家是小小的教員住宅，雖然庭院種有小黃瓜和番茄，可是草坪連一根草也沒有。

我沒看過波斯地毯，家裡也沒有人摸過平台式鋼琴。

更遑論烤蘋果——。

妹妹沉浸在自己的不幸裡，並且將它擴大，委身於一個故事中，在信紙上過著不同的人生。

表現力相當不錯，顯然樂在其中。

妹妹八成是變成可憐的女孩，很陶醉地寫這封信吧。

吃飯的時候，她指著天空對小妹說：「啊，烏鴉！」然後偷走小妹盤裡的菜，被母親戳了一下。

兩個妹妹的感情，也比父親生前來得好，也會和父親疼愛的狗玩耍。

這看在別人眼裡也會心生憐憫。

妹妹只是努力活出十二歲的小孩，或者說，努力活在喪父的現實中。

她描繪了不同的人生嗎？

這封信是虛假的嗎？

她並不是描繪不同的人生，這封信依然是她的悲傷化身。

這封信超越了我的感傷，顯得強悍、毫不害臊，且楚楚可憐。

我覺得妹妹將現實置換成虛構，但始終活在現實裡。

這叫做謊言嗎？

這種充滿真實感的吹牛，叫作謊言嗎？

我想起自己念小學時，放進了無數謊言的作文。

我的謊言多麼貧弱，完全沒有真實感。

也沒有向上頂撞的欲求，只是些信口開河隨便瞎掰的謊言。只是些被老師直勾勾地看著，讓人覺得丟臉的虛構故事。

還有那篇母親引以為恥，仿照夏目漱石的作文。

要是妹妹知道我看了那封信，說不定會覺得很丟臉。

但我從妹妹悲傷卻滑稽的吹牛中，學到了創作的原點。

不是遠離襲擊自己的現實與悲傷，而是以展開羅曼史，創造出虛構的世界來克服現實——即使那像是令人瞧不起的少女小說。對妹妹而言，那個謊言一定意味著繼續活下去。

我的工作是創作謊言。

我想和十二歲的妹妹一樣創作謊言。

早晨醒來，隨風而去

青春期的時候，我每天想著「人為何而活」。看著母親，實在不覺得她有抱著什麼明確的目標而活，只是每天聽天由命地罵小孩，突然爆笑，錙銖必較地算錢。看到她這副德性，我非常輕蔑她。後來我懂了，因為我也累了，慢慢變得有點茫然起來。如今不管怎麼想，我都不是根據什麼而活到現在，全然是不知所以的活到現在，因此認為別人也是不知所以的活著。

世上充滿難以理解的事，倘若這些難以理解的事消失了，我一定會覺得活著沒什麼意思。我只是期待著難以理解與互相諒解，或者說永無止境的難以理解與永無止境的相逢。

我這一路走來，碰到難以理解的事，有時會強渡關山，有時會妥協，有時會直接瘋狂地抱緊，有時也會對無法觸及、遙遠的難以理解說再見。

不過，這樣有點茫然的傻瓜，只有我一個。除了我以外，別人都有「根據」這種東西，也知道該把它放在哪裡。我在這種人裡面，不免有點茫然地活著。但仔細想想，我確實活過來了，也沒有後悔。可以的話，我希望能沒有根據地一直一直活下去，直到長命百歲還不想死。

我討厭的事有一大堆。現在討厭的是「生存方式」「飛翔」「飛翔中」，還有「解放」和「女性自立」等辭彙。尤其聽到「女性的精神解放」時，我根本一頭霧水。

很小的時候，我是個很閉鎖的人，溫順乖巧機靈，沒有情緒起伏，順從父母，尤其絕對服從哥哥。我很想當新娘，看到母親漂亮的東西或喜歡的東西，我會說：「這個我出嫁的時候給我。」我對這樣的自己並沒有感到不自由，也很樂於聽從哥哥的命令，不論去哪裡都跟著他，這讓我很高興，我把我擁有的能力全部拿來回應哥哥，絲毫不認為這樣很悲慘。直到如今，我的幼年時代依然是不可侵犯的聖域。

我是小學二、三年級期間遣返回國，來到父親的鄉下老家。那時的老師是個十八歲的代課教師，天氣太好的話，她會想待在家裡洗衣服，不想來教室上課。我們哼著歌渡過一座橋去接老師，老師燦笑地說：「今天洗了一大堆衣服。」一長蝨子的小孩往她身邊去，她就大叫：「別過來！髒死了！」還到處逃竄；會把「森之石松」讀成「MORI NO SEKIMATSU」[1]，

1 「石」念錯，應該是「ISHI」。

也特別偏袒醫院千金理惠子和我。理惠子是班上的女王，我像隨從般跟著她，總是笑咪咪的。

有一天老師叫我，說：「雖然妳是遣返回來的人，也沒有必要客氣喔。只要理惠子一舉手，妳就放下。不用這樣喔，妳要更堂堂正正的，把想說的話說完。」我沒有因為我是遣返者而自卑，所以覺得老師這番話很奇怪。第二天起，我完全變了一個人。把我變成另一種個性，變成我現在這個樣子的，就是那個天氣太好會洗衣服的十八歲女老師。第二天起，我大放厥詞地把話說完，也變成愛出鋒頭會以尖銳的聲音舉手說「我！我！我！」的人。身為一個人的溫文儒雅，耐性，對人要退讓一步，不會認為不足的優良資質，我在一天之內就全都失去了。

從那之後，我就整個人放開了。

現在，若有了不起的女人，以艱深的理論或歷史，甚至包含了女人的生理構造來說服我，女人要有自己的主張，我都會害怕起來。可能我在太過年幼的時候，就不自覺地把自己的圍籬拆光了。就現象來說，我和那些靠著許多思想意識的累積，而走到「解放」這一步的偉大之人，有著看似相似卻迥然不同的地方吧。

所以仔細想想，我沒有任何值得談論的偉大理論。

倘若問我，為什麼選擇了現在這個職業？我沒有任何根據，只是自然地走到這裡，也不覺得自己創造了什麼，若被認為是「創造」這種狂妄的東西，我會非常困擾。靠著這種工作，湊巧也賺了一點錢，我都覺得不好意思。說我懶散膽怯倒是真的。

二十年前，我進入美術學校的設計科就讀，那時我連設計師是做什麼的都搞不清楚，父母又認為女人去畫畫或演戲是不正經的工作，不想讓我做這一行，可是又擔心我長得這麼醜，可能嫁不出去，還是得學個一技之長。後來他們聽說設計師也是女人可以當的，而且是可以賴以維生的職業，就答應了。

到了大二，我大概知道設計在做什麼。什麼都要求極度準確，但是我畫什麼都會超出紙張，把紙弄得黑壓壓的，連畫個直角都得花上一小時。好不容易找到的打工也都是朋友在幫我做，我實在過意不去就開始削鉛筆，削個五、六枝排在桌上，朋友看了卻露出尷尬的表情全部重削。為此我受到嚴重打擊，於是問另一個朋友，做設計的時候最重要的是什麼？朋友說：「就是不能把紙弄髒啊。」由於他答得正經八百，我反倒覺得無聊透了。要是他以更抽象、更高深的說法回答我，我或許會開始鞭策自己的笨拙。

就像我小學三年級突然變成另外一個人，這句「不能把紙弄髒」也突然讓我放棄當設計師。

之後我想當個可以不用三角尺畫畫，在廣告裡畫圖的插畫家。

我已失去了溫文儒雅的謙虛，所以不會想找不到工作沒飯吃怎麼辦，我總覺得就算畫得很爛也會有人要我。我和念小學的我一樣，認為只要「我！我！我！」地舉手，就會被叫到名字。結果百貨公司的宣傳部錄取了我，我哼著歌畫了一堆爛畫。早就忘記小時候想當新娘的事，卻被同班的男生奪去了初吻，在驚惶未定中結婚了。

我真的沒有想過結婚是什麼就結婚了。

一直到最後我有話直說，大放厥詞的個性大概讓我變得很任性。大部分的人能在適當的地方，找到適當的接合點，跟人生和好相處，但結婚之後，我卻討厭理所當然般地要生小孩。

儘管如此，第一次懷孕時，我也認為不該消滅這個生命。我為我失去的自由扼腕哭泣。我很擔心，自己可能會恨這個即將出生的小孩。即便我知道一直以來做的工作像廢紙一樣，我也想繼續做下去。我恨我的自私。

然而，我也扎扎實實地生下一個健康寶寶。原本四十三公斤的我胖到六十三公斤，胸圍大到一〇四公分，聽到寶寶哇哇大哭的瞬間，立刻變身成母親這種怪物。這個吸著我的奶、像猴子般的生物，是光輝的天使。我想到拚命吸奶的兒子到八十歲的時候，他要如何忍受那份孤獨？不禁潸然淚下。我抱著兒子，在集合住宅的三坪大榻榻米房間傻笑，覺得自己的兒子怎麼這麼可愛。走在路上恨不得把所有路人都拉來看我兒子，炫耀地說：「這是我的寶寶喔！這是我的寶寶喔！」但不能這麼做讓我很痛苦。連小孩都這樣忽然滾到我身邊，在我沒有當偉大母親的心理準備時就當上了母親。然後到死，我依然是母親。

連晾在陽台的小襪子、圍兜兜、內衣都讓我陶醉不已，但小孩出生後滿百日，我又開始工作了。我也不知道為什麼。那時我不認為女人工作是好事，也不認為是壞事，現在還是不認為。可能是因為我的祖先是勤奮忙碌的貧農，女人也過著從未睡過午覺的生活，即使小孩生了十個以上，產後不久也照常下田幹活。祖母八十七歲過世，死前不久還會挑糞桶，欺負媳婦。

她一定沒想過女人工作是代表女人自立。我覺得女人工作的本質意義，存在於她和女兒和媳婦的心中。什麼都不做是一種罪惡，我心中一定也有這種窮人思想。儘管如此，我是個非常懶惰的人。明明很懶惰，卻覺得玩耍遊樂、擁有興趣是沒路用的事，甚至感到愧疚，這一定是因為我打從骨子裡就是窮人脾性吧。

明明是窮人脾性，卻又完全沒有錢的觀念，做費勁又報酬少的工作，反而讓我有勤奮工作的踏實感，但同時也有一股頑強的怨氣，這可能和祖母們怨嘆歉收，仰望天空的心情一樣吧。相較於把它歸咎於社會的結構或階級，她們只是仰望天空。

仰望天空的歸途上，若沒人看見，偷摘它一兩顆地瓜，甚至覺得很天經地義。

我偶爾畫兒童繪本或插畫，但我絲毫不認為自己在參與文化工作，因為我能做的剛好只是這個。這或許和長年拔草的祖母們認為拔草是一種工作一樣，但我做的工作比祖母們輕鬆千萬倍。不需要力氣，也不會做到腰痠背痛，更不會被泥土弄髒衣服；會反抗老公的孩子也只有一個；不會被小姑虐待，也不用熬夜做草鞋。

但這可以稱為工作嗎？

這當然是工作，可是我從不覺得辛苦，或許是因為我沒做過很辛苦的工作。但在工作的過程中，慢慢體會到也有可能是我從小學三年級打開的精神構造，剛好適合工作吧。

仔細想想，從那時開始，我變成一個話很多的人。

我已經無法把看到的事情或走過的地方所得到的各種想法，一直深藏在內心裡，謹言慎行。只要旁邊有人，我會立刻說出來；若旁邊剛好沒人，我會不出聲地自言自語碎念。我察覺到這一點時，已經年過二十，在浴室的浴缸裡，泡澡泡得很舒服時，嘴巴明明閉著，舌根卻不動地在說話。

我可能在找理想的傾聽者吧，但我也領悟到世上沒有這種人。

我也知道滔滔不絕地說話，會給別人造成很大的困擾，於是我就用畫畫代替說話。這可以稱為創造嗎？然而話很多的我，叫我談自己的工作，卻完全閉上嘴巴，一句話也吐不出來。我覺得簡直是丟臉丟到家了，完全無法說明也無法辯解。要是被人說了什麼，就覺得別人都是對的，羞愧得很想消失。要是別人說出徹底反對的意見，我也覺得他是對的，很想挖個洞鑽進去。要是可以的話，我想忘得一乾二淨。

寫到這裡，收到編輯部的來信。信裡寫道，關於人生，我想表現的是什麼？畫繪本在我的生活裡佔著什麼樣的位置？在日常生活中，生活與創造之間是什麼關係？我如何思考我是女人這件事？編輯希望我寫這些東西。我不禁懷疑，編輯的題目變了嗎？這和把生存根據放在哪裡是一樣的嗎？我百思不解。

面對這些提問，我只會自覺到自己有多笨，只能凝視著那個找不到明確答案也不會思考、有點茫然的自己。

我想表現什麼？生涯的題目是什麼？我真的不知道。若能用小鉗子夾起人類生存的這個宇宙的某個部分，那裡若有我感受到的什麼真實，我覺得這樣就夠了。但自己認為是真實，別人不見得會這麼想。而且到了明天，說不定連自己也覺得搞錯了。更何況我最討厭的就是，大聲嚷嚷這是真實這是真實。即便我從小學三年級就敢「我！我！我」地舉手，但我對丟臉的事還是相當敏感，至於是什麼丟臉的事，我真是丟臉到不敢說。寫這種文章最丟臉。我根本搞不清生活與創造的關係。

早上起床，煮飯給小孩吃，只是為了不讓小孩死掉，做每個人都會做的事，但別人若看到我的做法可能會皺眉吧。然後東忙西忙就到了晚上。在這之間，如果有空會畫畫、想故事。

然而我想貪婪地活久一點，並非想留下偉大的作品，而是想在電車裡，遇見耳朵裡長著密密麻麻的毛，這些毛還夾雜著銀色或褐色或灰色的老先生，或是在電梯裡，遇見滿口金牙的老太太。

罵兒子罵到喉嚨都快破了，但兒子被人嫌笨，我又難過得要命，儘管如此我還是會發飆罵他。看到他一臉蠢樣沉迷於漫畫或電視，我絕望得要死，但我生日的時候，他拿出所有的錢買了兩朵玫瑰送我，我又不想死了。少了哪一個都會變得很無趣。就算哪個女人有聰明乖巧的兒子，送了她一百朵玫瑰，也比不上我不想死的感動吧。

平常總是害老婆傷心流淚的人，到了老婆生病時拋棄一切，付出真心地照顧老婆；一週年忌日時，把讀了一定會落淚的愛妻記分送給朋友；到了三週年忌日，知道他脫胎換骨似的和新的年輕老婆精力充沛的在一起，我好想走到他旁邊，拍拍他的肩，感慨地請他吃美味壽司。

有個朋友，一整天像小孩般糾纏不休地問：「為什麼？為什麼？」即便我擺出一張臭臉回他：「討厭，煩死了，自己想啦！」可是第三天我卻打電話給他：「有空要來我家玩喔。」搞得我自己都很想笑。因為不想戒掉這種事，我對我無法出席自己的葬禮感到很遺憾。過著這種生活的我，

問我生活與創造有什麼關係，我覺得全部都有關係，也全部都沒關係。

問我如何思考我是女人這件事，我生下來一直都只當過女人，所以猜不透男人是怎麼回事。

因為猜不透，所以我大概喜歡男人。雖說喜歡，到了這把年紀，卻什麼也不想做了，只想偷偷地正眼看一看，斜眼看一看，倒過來看一看，這樣看男人真是無上的樂趣，我想這點小事神明也會允許吧。

說到女人的特權，只有生小孩。雖然我只有一個小孩，但我很感謝生了小孩讓我成為極其理所當然的女人。會爬樹的我生了小孩，看到我生小孩說絕對不會做這麼低級的事的皮膚白皙、個性文靜的麗子，也生了小孩，雖然不可思議，但很理所當然。

若小孩被綁架，對方威脅說不辭掉工作就殺死小孩，可能也有女人不會說，我辭，我辭，我立刻就辭。

挑起戰爭的男人，即便因為這場戰爭失去了兒子，也一直忍耐，而且更像個男子漢奮戰不懈，這種例子也有很多。世上真的充滿難以理解的事。

最難以理解的是男女關係，唯有這個，雖然不及維他命A零點零三毫克，但實在令人作噁，卻又舒服得不得了。

對我而言，「飛翔」「自立」「解放」是莫名其妙艱深的事。但小孩餓了，我就會去弄一兩個南瓜回來，連這個都辦不到的話，會覺得自己當什麼母親。可是在戰後的恐怖時代，我也看過不顧小孩、只管自己大口吃飯糰的女人。

跟那時相比，現在算是個悠哉的時代，小孩不會餓到，也有閒暇，我在可以工作的情況下，多少做點工作。

我覺得這是個奢侈的時代。不過可以奢侈的時候，就讓我奢侈一下吧。

walk 12

貓咪，請原諒我

作者：佐野洋子
譯者：陳 系 美

編輯：連翠茉
校對：呂佳真

法律顧問：全理法律事務所董安丹律師
出版者：大塊文化出版股份有限公司
地址：台北市10550南京東路四段25號11樓
www.locuspublishing.com
讀者服務專線：0800-006689 TEL：(02) 87123898
FAX：(02) 87123897
郵撥帳號：18955675
戶名：大塊文化出版股份有限公司
e-mail：locus@locuspublishing.com
總經銷：大和書報圖書股份有限公司
地址：新北市五股工業區五工五路2號
TEL：（02）89902588（代表號） FAX：（02）22901658

初版一刷：2016年 7 月
ISBN 978-986-213-706-2
定價：新台幣 300 元

國家圖書館出版品預行編目資料

貓咪，請原諒我 / 佐野洋子著 ; 陳系美譯 . --
初版 . -- 臺北市 : 大塊文化 , 2016.07
面 ; 公分 . -- (walk ; 12)
譯自 : 私の猫たち許してほしい
ISBN 978-986-213-706-2（平裝）

861.67 105007740